薔薇姫と氷皇子の波乱なる結婚

マサト真希

目　次

主な登場人物

《ノルグレン王国》近年台頭してきた北の強国

アンジェリカ――『薔薇姫』とあだ名されるスラム育ちの庶子姫。

オリガ――現女王。アンジェリカの腹違いの姉。

ダニール――オリガの息子。次期王位継承者。

メル――アンジェリカ付きの侍女。

グリゴリ――アンジェリカを監視する護衛隊長。

《マグナフォート皇国》半ば没落した南の大国

エイベル――『氷皇子』の二つ名を持つ第一皇子。『母殺し』と噂される。

ティモシー――エイベルの皇子宮付きの騎士。侍従長と侍女長の息子。

ミルドレッド――第一皇女。エイベルの腹違いの姉。

ローガン――政務大臣を務める大公爵。ミルドレッドの叔父。

トーバイアス――新聞『日刊マグナフォート』編集長。

第一章　逃げてやりますわよ、こんな結婚から

――逃げてやる。

走り出す馬車の窓から、アンジェリカは顔をのぞかせる。

〝薔薇姫(ばらひめ)〟との呼び名をいただく彼女はその名のとおり、真紅の薔薇のごとき赤毛と強い意志を秘めた紅(あか)い瞳の、はっと息を吞(の)むような美貌の持ち主だった。

彼女が振り返る背後で、堅牢(けんろう)な城壁が馬車の走りとともに遠ざかる。

王宮とは名ばかりの、あれは砦(とりで)だった。十九歳のときスラムから連れ出されて以来、三年ものあいだ閉じ込められていた、窮屈で寒々とした牢獄(ろうごく)のような砦。

ようやく出られたとはいえ、これはべつの牢獄への移送にほかならない。

「……絶対に」

美しい赤毛をなびかせながら、アンジェリカは自分に誓った。

「逃げてやりますわよ、こんな結婚から！」

「女王陛下、アンジェリカ王女殿下のご出立を確認いたしました」

王宮の私室で侍従の報告を受け、オリガ女王はいかついあごでうなずく。

「よろしい。下賤な血の混じるかまびすしい娘だったが、これで少しは役に立つ」

オリガ——北の強国ノルグレンを治める女王。亡き前王の正室の娘であり、アンジェリカの腹違いの姉。重たげなドレスにがっしりした体を包み、威厳はあっても華やかさからはほど遠く、薔薇姫と呼ばれる妹とはまったく似ていない。

ただひとつ、苛烈な光をたたえる紅い瞳以外は。

「ダニール」

女王はかたわらに控える少年を振り返る。毛皮のケープを肩にかけた、美しい顔立ちで線の細い少年は、声をかけられて身を固くした。

「叔母であるあの娘を姉のように慕っていたらしいが、勘違いをするな。ノルグレン王国を継ぐのは私の息子であるおまえだ。それ以外の血はすべて私の手駒」

岩のような厳格さでいい放つ女王に、少年はおずおずと問う。

「姉さま……いえ、アンジェリカ姫が大人しくしていると、お思いですか」

「むろんのこと。相手は皇国の〝氷皇子〟」

オリガは薄い唇を歪ませる。まるで、岩に亀裂が入ったように。

「冷酷な母殺しだ。炎の薔薇とて凍るだろうよ」

──聖テラフォルマ大陸のかつての覇者、いまは衰退して狭い半島を治める一国に過ぎないマグナフォート皇国。

そして、この十数年のあいだに台頭してきた北方の強国、ノルグレン王国。

二国が公表した婚姻による同盟は、大陸の諸国に驚きをもたらした。

縁組するのは、皇国の第一皇子エイベルと、ノルグレンのアンジェリカ姫。

〝氷皇子〟と呼ばれるエイベルは、立太子の式こそ経ていないものの、現状では第一皇位継承権の持ち主。

一方、アンジェリカは庶子姫だ。亡き前王の隠し子で現女王オリガの異母妹の彼女は、スラムで生まれ育ったとのうわさがある。

二者の血筋と育ちも、国力の差も、明らかに釣り合わない。いったいなぜノルグレンは、いまや半島の小国でしかないマグナフォートと同盟を結ぼうと考えたのか。

むろんそこには、とある理由があった。

（……そろそろ、逃亡ポイント）

山道で揺れる馬車のなかでアンジェリカは息を詰めて窓をうかがう。

彼女が乗る馬車は、二頭仕立ての簡素な黒の馬車。付き従うのも向かいの席に座る侍女と御者のみ。とても王族の輿入れとは思えない。

しかも近年開通した大陸横断の汽車でなく、窮屈な馬車と川を下る船という長く苦しいルート。汽車なら到着まで三日の距離を、一ケ月はかける。それもこれも、この結婚に反対するノルグレンの豪族たちの目から隠れるためと、そして……。

アンジェリカはそっと唇を噛む。

（あの、忌々しい異母姉の嫌がらせ）

世間のうわさどおり、アンジェリカはノルグレンのスラム出である。

祖父は、亡き前王のお抱え政治経済学者。王宮の一角に娘とともに住んでいたところ、その娘に前王の手がついて……という経緯。前王妃の逆鱗に触れて祖父は解雇され、身重の娘とともに王宮を叩き出されてスラムへ追いやられた。

病弱だった母はアンジェリカを産んで、ほどなく亡くなった。祖父とおなじく聡明で読書家と聞かされただけで、アンジェリカは母の顔も声も覚えていない。

悲惨な生まれ、スラムの貧しい暮らし。

しかし、学識高く国際的にも名が知れた祖父は、諸外国の学者と親交があった。彼の教えを乞い、学論を戦わせるためにスラムのあばら家を多くの者が訪れた。

学者だけでなく、お忍びの王族や貴族、騎士や傭兵、新聞や雑誌の記者もいた。

彼らがもたらす、わくわくするような各国の情勢や情報。幼いころから祖父のかたわらで、アンジェリカは目を輝かせて耳を傾けてきた。

祖父が開く青空塾で、スラムの子どもたちと並んで学んだ。祖父の友人の学者からも学問を学ぶ一方で、腕に覚えのある騎士や傭兵に稽古をつけてもらい、戦術やサバイバル術も教えられて、アンジェリカは文武両道に育った。

衣食住にも事欠く貧しさでも、なにより代えがたい豊かな生活だった……。

なのに──ある日、王宮から派遣された兵士の一団にスラムを取り囲まれた。

〝いやしい血だが、それでも王族の一員。王宮にて相応の教育を受けさせる〟

祖父とアンジェリカが暮らすあばら家の前で、オリガ女王から遣わされたという兵団は、居丈高な宣告を突き付けた。

〝抵抗するならばスラムごと焼き払えと、女王陛下は仰せである！〟

（お祖父ちゃん、みんな……）

思い返すだけで胸が詰まり、アンジェリカは唇を噛む。

連れていかれたノルグレンの王宮は、まさに敵地だった。

狭く冷たい石造りの部屋。絨毯はなく、支給された外套を敷いて床から伝わる冷気をしのいだ。三食の食事も限りなく貧相。北国の厳しい冬を生きて越せたのが不思議なくらい。家族や仲間がいるスラムのほうが百倍幸せだった。

手駒として他国へ嫁がせるくせにその仕打ち。いや、手駒だから死なない程度の待遇で充分だと考えたのだろう。この輿入れだって、まるで囚人の護送だ。

（ふつうに考えれば、嫁がされるほうがはるかにマシ、なんだけど）

こっそりとアンジェリカは吐息する。

マグナフォート皇国のエイベル皇子といえば、あまりに悪名高い。

アンジェリカより三歳下の十九歳だが、その若さで冷酷さは他に比類ないという。

いわく、まだ十三歳のときに実の母をその手で殺した。血にまみれて命乞いをする母を追いかけ、無残に剣で切り殺したのだとか。

いわく、ほんのささいな粗相をした従僕たちを惨いやり方で殺した。おかげで皇子宮に仕える召使は、いまではほんのわずかだとか。

さらに、きわめつけ。これまで国内の貴族たちより迎えた何人もの花嫁をひん死にして追い出した……とか。

あまりの蛮行に、皇帝から皇子宮に蟄居を命じられているという話。

厳罰に処されないのは、第一皇子という身分ゆえだろう。

とはいえ、そんな話のどれだけが尾ひれかはわからない。うわさなんて、ほんの小さな種火を面白おかしく煽り立てて大火にするのが常なのだから。

皇国から送られてきた皇子の肖像画を、アンジェリカは思い返す。

白銀の髪に、鋭く陰鬱な青い瞳をした青年。たしかに評判どおりの美貌だが、あの絵からは美しさより先に身震いするような冷たさが感じられた。結婚相手に送る肖像画でも取り繕えないほど、皇子の冷酷さはにじみ出ているというのか。

前門の冷酷皇子、後門の横暴女王。進路も退路も憂鬱だ。

悶々と考えていると、向かいに座る小柄な侍女が「う……」と口を押さえる。山道を走る馬車の揺れで気分が悪いらしい。

「メル、ご気分は大丈夫でございますかしら？」

気遣う言葉をかけると、メルと呼ばれた侍女は蒼白な顔で弱々しく答える。

「申し訳ありません、姫さま。おめでたいお輿入れの道中なのに」

「無理しないでいいんですわよ。同郷のわたくしの前では気楽になさって」

大仰な言葉遣いで、アンジェリカは労わる。

メルはスラムの孤児で養護施設育ち。下級貴族に引き取られて王宮に出仕した。

おなじスラム出といっても顔見知りではないが、その出自からアンジェリカの侍女となり、いまでは唯一心をゆるせる相手になっている。

「そもそも、なにひとつおめでたくないんでございますですわ、こんな結婚」

アンジェリカはむっつりとつぶやく。

「勝手にお祖父ちゃ……お祖父さまとお母さまを王宮から追いやっておいて、使えそうだからと無理やり王宮へ連れてこられたんでございますですのよ」

「アンジェリカさま、その言葉遣いは、少々……」

苦しそうにしつつもメルがたしなめるので、アンジェリカは唇を尖らせる。

「わかってますですわよ、大げさでおかしいというのでございますわよね。ですけれど、仕方がないじゃございませんか？」

自棄になったようにアンジェリカは馬鹿丁寧に答える。

「たった三年でスラム育ちが変われるわけがございませんですわ」

などとと不満を並べる口をつぐむ。愚痴をいっている暇などない。

「メル。あとは頼みますわよ」

表情を引き締めてアンジェリカがいうと、メルは青い顔でうなずく。

「……迷惑をかけてしまいますわよね」

「いえ、わたしがお手伝いを申し出たのです」

「それでも、この案を考えたのはわたくしですわよ」

アンジェリカは謝罪のように、忠実な侍女であり友人である彼女の手をそっと握った。脳裏に、甥（おい）のダニールの横顔が浮かぶ。

逃亡の気持ちを打ち明けたのはメルと、甥のダニールのみ。叔母のアンジェリカを姉とも慕ってきたダニールは、再びともに暮らせると喜んでくれた。だが、虜囚にも等しいノルグレンの生活に戻るつもりなど毛頭ない。

ダニールへの罪悪感が胸をかすめるが、すぐにそれを振り捨てる。

「わたくしの逃亡は、気分が悪くて止められなかったと伝えるんですわよ。その顔色の悪さならさすがにただの言い訳とは思われないはずですわ」

といってアンジェリカはドレスの胸元に手をかける。リボンで編み上げた前はゆるめてあったのかすぐにほどけていく。

馬車の床にばさりとドレスが落ちた。その下は薄汚れた上衣とズボンという男装姿。ところどころ土がついているのを見ると、元は庭師か農民の服のようだ。

「……速度が落ちましたわね」

山道はいよいよ険しくなり、客車はがたがたと大きく揺れている。

アンジェリカは懐から毛糸の帽子を取り出すと、深くかぶって目立つ赤毛と美貌をかくす。御者席との連絡用の小窓は戸が閉められて、気付かれる心配はない。

扉の取っ手に手をかけ、小さく開く。よし、外から鍵はかけられていない。

がくん、と馬車が大きく揺れた。その拍子にいっそう速度が落ちた。

——いまだ！

アンジェリカは客車の扉を開き、身を低くして飛び降りる。

速度が落ちていたといっても走る馬車からの脱出、衝撃は避けられない。強く地面に叩きつけられるが、体を丸めてショックをやわらげた。素早く身を起こして即座に草むらに隠れ、山道を登っていく客車を見送ってから、下る方角へ走る。

夜になる前に近くの村へたどりつき、陸路でノルグレンのスラムへ向かう計画。

祖父のもとまで帰りつければ、その伝手(つて)を頼り、ノルグレンでもマグナフォートでもない遠い国まで逃げられる。

上衣の胸元を押さえる。内側に縫い付けたポケットのなかには、こっそり持ち出した宝石や金貨が入っていた。路銀も充分。

急げ、急げ。逸(はや)る心のまま、アンジェリカは走った。

「ッ⁉」

だが、はっと足を止める。

下り道の先から現れたのは、剣を下げた数名の兵士。

うそ、と振り返れば、やはり何人もの兵士が山道を下りてくる。彼らはメルを両脇に囲んでいた。大きく目をみはるアンジェリカへと兵士たちは歩み寄る。

「なんとか、間に合いましたな」

隊長らしき、強面（こわもて）の中年兵士がいった。

「途中の街から連絡があったのです。山中で、姫が脱走すると」

思わずアンジェリカは息を呑んでメルを凝視した。

「も、申し訳……ございません」

メルは身を縮めて頭を下げる。

「姫さまに怪しい動きがないか報告せよと。でなければ……養親を捕らえると」

ぐっとアンジェリカは体の陰でこぶしを握り締める。

オリガ女王の差し金か。どこまでも抜け目なく狡猾（こうかつ）な異母姉め。

「目立たぬよう護衛をつけなかったのが仇（あだ）になりましたな」

悔しげに唇を噛むアンジェリカへ、隊長が告げる。

「この山を越えればマグナフォートの領国。皇都まで護送いたします」

◆

皇子宮の廊下で、エイベル皇子は壁にかけられた肖像画を見上げていた。

それは、アンジェリカを描いた絵。

姿をそのまま映す写真機が開発されているのに、いまだ上流階級では結婚相手の肖像画を送り合う風習が残っている。

「……無駄なことを」

冷ややかな声でエイベルはつぶやく。

エイベル・ディ・アージェントン・マグナフォート。

マグナフォート皇国の第一皇子、弱冠十九歳。

陽の光にきらめく白銀の髪、氷河のように冴え冴えとした碧眼、細身だがしなやかな筋肉を秘めた体――〝氷皇子〟のあだ名にふさわしい容姿。

しかしこの皇子宮は、第一皇子の住まいにしてはいささか狭く、貧相だ。

マグナフォートは、かつて大陸のほぼ八割を制した偉大なる国。皇帝の住まう皇宮の広大さやきらびやかさ、納められた数々の芸術品は数知れない。

なのに、ここの調度品はごくわずか。部屋数も少なく、食事用の広間と皇子の私室と客室、使用人一家の居室以外は、庭の倉庫だけ。

掃除は行き届いているが、壁や床は黄ばみ、壁の絵画も傷んでいる。華やかなアンジェリカの肖像画のみが真新しく、宮殿とも呼べない住まいを飾るのみだ。

「いつ拝見しても、お美しい方ですね！」

皇子の一歩背後に控える金髪の青年騎士が口を開く。主の冷たさとは裏腹に、剣を提げた青年騎士はくったくのない口調だ。

「絵ならいくらでも誇張できる」

冷淡にエイベル皇子はいうが、青年騎士は率直な態度でつづける。

「ですけど、嘘は描きがたいでしょう。こんな華やかな方が殿下のご伴侶なんて喜ばしいですよ。その……いままでは、ご不幸なめぐり合わせばかりでしたから」

「楽観もはなはだしい、ティモシー。問題は中身、外見など無為だ」

ばっさりと切り捨てられ、ティモシーと呼ばれた騎士は困り顔になった。

「せっかくのおめでたい結婚前なのに、殿下」

「あのノルグレンがただで花嫁を送り込むと思うか」

「まさか……なんらかの思惑があるはず、とおっしゃるんですか」

「ティモシー。この〝美しい〟姫はノルグレンの間諜と同類だ。そんな輩と添うのは蛇との同衾に等しい。いいか、僕の指示があれば」

エイベルの冷たいまなざしが、刃の鋭さを秘める。

「――殺せ」

青年騎士は青ざめて身をこわばらせる。エイベルは冷淡に告げた。

「おまえができなければ、僕がやる」

「……いいえ！　おれは殿下の手足です。ご命令どおりに、きっと」

ティモシーは顔を引き締め、胸にこぶしを当てて一礼する。

「殿下、先触れがございました」

ふたりの会話の空白に、年老いた侍従が歩み寄って頭を下げる。

しわの寄った柔和な面差しはティモシーに似ていた。どうやら父子らしい。

「間もなく、アンジェリカ王女殿下が皇子宮前にご到着とのことでございます」

馬車の停止に、ほっとアンジェリカは息をつく。

ノルグレン王国を発ってから、約一ケ月近く。長かった。本当に長かった。途中、何度も逃亡を試みたけれど、護衛の兵士たちの警戒は一度もゆるまなかった。

アンジェリカはこみ上げる悔しさに歯を食いしばる。

それなら最初から、目立たないためなんていわずに護衛をつければよかったのに。

いや、あの抜け目ないオリガ女王のこと。逃亡が成功したと思わせてぬか喜びさせ、こちらの心をくじけさせようとしたのかもしれない。

「やっとの到着ですわね。向こうの迎えを待つのが作法でございますの？」

「……どうして、いまだわたしをおそばに置くのです」

客車の向かいに座るメルが、不安げなまなざしで尋ねる。顔色が悪いのは、長旅の疲れだけではなさそうだ。

「貴女(あなた)以外の侍女は連れてきていませんですもの」

大仰な言葉づかいでアンジェリカは答える。

「皇子が新たな侍女をつけてくださるかもしれませんけれど、同郷で信頼のおけるメルにお世話をお願いしたいと思いますわ。知らない国での新生活ですものね」

「ですが、その同郷のわたしに裏切られたのですよ！」

声を上げるメルに、アンジェリカは苦笑した。

「さすがに二度も三度も裏切る……といういい方は好きではございませんけれど、そんなことはしないと信じていますもの」

「……アンジェリカさま」

「貴女は家族を人質に取られたようなものですわ。いうなりになる以外になかったはずですわよ。そんな貴女を責めたりなどできませんわ」

アンジェリカはメルの手に自分の手を重ねる。やわらかく、温かく、彼女の手を包む。メルは感極まったように涙ぐんだ。アンジェリカは優しくほほ笑み返す一方で、内心ではオリガ女王への憤りがますますかき立てられる。

「身内を人質に取られる苦しみは、よく理解できましてですわよ。わたくしだってスラムを焼くぞと脅されて王宮に連れてこられたのですもの」

それに、とこっそりアンジェリカは思う。

(これ以上、敵に囲まれたくないもの)

いまから踏み込むのは、母殺しで残忍な〝氷皇子〟の宮殿なのだから。

「姫さま、お迎えが見えたようです」

メルの声にアンジェリカは顔を引き締める。ついに新たな敵地に足を踏み入れるのだ。ここからどうにかして生き延びて、逃亡の道を探らなければ。

馬車の戸が開く。外には付き従ってきた数名の護衛たちが控え、皇子宮への道の両側に分かれてアンジェリカが降りるのを待っていた。

メルが先に降り、アンジェリカに手を差し伸べる。そんな介助など必要ないけれど、これも〝姫〟としての体裁とやらだ。

メルの手につかまって馬車から降りれば、侍従らしい老人が頭を下げる。

「アンジェリカ殿下、お待ちしておりました。皇子殿下も、姫の到着をお待ち申し上げておられます。どうぞ、こちらへ」

ほんとに待っていたのかな、とアンジェリカは唇を引き結ぶ。うわさが真実なら、ひん死の目に遭わされて追い出されるのかもしれないのだし。でもうわさどおり残忍な性格で花嫁をいたぶりたいなら、納得でもある。

護衛兵たちが頭を下げて見送る。彼らはここから帰国するらしく、アンジェリカに従うのは、わずかな荷物を持つメルと中年男の護衛隊長のみ。

心細さがつのった。故国での不遇な日々と、これから迎える冷酷な皇子との結婚生活。いったい、どれだけ違うというのだろう。だがもう、引き返せない。

ひそかに身震いしつつ、アンジェリカは気丈に足を踏み出す。

マグナフォート皇家の紋が掲げられた黒く高い門扉の向こうには白亜の屋敷。ノルグレンの砦のような王城とは違う、優雅な佇まい。だが一方で気取った冷ややかさを感じ、負けるものかとアンジェリカは身を固くする。

「……えっ⁉」

しかし屋敷内に足を踏み入れ、アンジェリカは感嘆に目を開いた。

落ちぶれたとはいえ、さすがにかつての大陸の覇者の建築物。高い天井に磨き抜かれた大理石の壁と床、調度品は驚くほど少ないけれど、柱や天井の凝った装飾や、壁に描かれた数々の見事な絵画には目をみはるばかり。

ノルグレンの王宮で使われていた重く埃っぽいタペストリーや、大量生産の粗悪な壁紙とは段違い。なにより、窓から差し込む明るい陽の光。暗く陰鬱な北国からやってきた身としては、暖炉の火よりも嬉しく感じてしまう。

「あの、姫さま。そう物珍しそうになさるのは……」

冷酷な氷皇子の住まいだからと勝手に冷え冷えとした場所を想像していたアンジェリカは、意外な想いできょろきょろと見回してメルに注意された。

「え、そ、そうなの？　姫として不作法でありますの？」

狼狽してささやき返すと、メルは恐縮そうにうなずいた。

「エイベルさまとのご会食前に、こちらでご休憩を」

廊下の先の部屋の扉を開け、老侍従が一礼する。そこは南側の、ひときわ明るく温かな部屋だった。調度品も上品な化粧台やテーブルと椅子一式、クローゼット。

紗(しゃ)のカーテンが下がる天蓋付きのベッドに、大きな窓の向こうには庭を望む小さなテラス。うそでしょ、と口を開けていると、老侍従の説明が聞こえた。

「お付きの方のお部屋はお隣。湯浴み用の浴室は反対側でございます」

湯浴み？　とアンジェリカは振り返ってしまう。

お湯を使うことなんて、ノルグレンではひと月に一度、あるいは祭事の前程度。皇子宮に入るにあたって、前日に皇都の外れの小さな宿でやっと湯を使い、乏しい所持金からメルが買ってきた安価な香水で体臭をごまかしているくらいなのに。

破格の待遇にぼう然としていると、老侍従が恐縮そうに頭を下げる。

「せっかくの花嫁をお迎えするというのにふさわしいお部屋をご用意できず、おもてなしも不充分で、心苦しゅうございます」

あまりの意外な言葉に、アンジェリカは「なんですって？」と訊(き)き返(かえ)してしまった。

侍従は白い眉を下げ、哀(かな)しげに目を伏せる。

「ご不快はごもっともです。どうぞ、お叱りはこのわたくしに」

「いえあの、そうではございません。そうではなくってですのよ！」

あらぬ誤解にあわてふためいてアンジェリカは首をぶるぶる振った。「姫さま、おぐしが乱れます」とメルに注意されるほどに。

「ご会食は夕方の六の刻でございます。ただいま、ささやかですがお茶と軽食をご用意いたしますので、どうぞ夕刻までごゆるりとお過ごしくださいませ」

老侍従は丁寧に会釈し、下がっていった。

ぼう然と立ち尽くすばかりのアンジェリカをあとに残して。

……なにかが、おかしい。

化粧台の前でメルに髪を梳かされながら、アンジェリカは眉をひそめる。

「とても姫さまのお口に合うようなものではございませんが」

といって老いた侍女が給仕してくれたのは、三段重ねの銀食器の午後茶。甘い焼き菓子にみずみずしいフルーツ、ぱりっと焼いた腸詰に塩気の効いたパイ。夕食か、もしくは祭りのご馳走だといわれても、当然のように受け入れたはずだ。

(これが軽食なんて、皇国ってこんなにも裕福なわけ?)

メルに「お夕食が入らなくなります」とたしなめられなければ、銀食器に落ちたパイ屑すらも食べ尽くしていただろう。

仕方ないじゃない、とアンジェリカは胸のうちで言い訳をする。スラムでもノルグレンの城でも、お腹いっぱい食べたことなんてないのだから。

「姫さま、これから皇子さまとお会いになるのに、そのお顔はいささか」

姿見の前でアンジェリカの髪を整えるメルが、そっとたしなめる。

「だって変じゃな……いえ、おかしいではございませんこと⁉　ここは〝氷皇子〟の居城なんでございますのよ！」

まだ狼狽が治まらず、アンジェリカはつい大きな声でいい返す。

「母殺しとうわさされる、冷酷非道な皇子のはずでございますわ。なのにこの厚待遇、逆にいっそう不穏な感じがいたしますですわよ」

「そのようなお顔も、高貴なお方にはふさわしくありません」

「ほんと、つまらないでございますわね、〝高貴〟な身分ってものは」

メルに遠慮なく指摘され、むう、とアンジェリカは唇を尖らせる。

「でも、メルが以前みたいなはっきりした物言いをしてくれて嬉しいですわ」

「……あ、その、申し訳……」

「謝ってはいけませんですのよ。わたくし、嬉しくていったのですもの」

「まあ……でしたら、もっとわたしの忠告も聞いてくださいませ」

ふふ、とふたりは笑い合う。赤毛で長身のアンジェリカと小柄で茶色い髪のメルだが、気の合う姉妹のような気安い空気がただよった。

「いかがですか。わたしの見立てで大丈夫でしょうか」

ドレスをアンジェリカに着つけて、メルは離れる。

姿見に映ったのは、華やかな赤毛を結い、どっしりとした豪奢な刺繍のドレスを身に着けたあでやかな姿。このドレスがほぼ唯一の持参品だった。

「パニエもつけていただければ、もっと見栄えがしますのに」

「窮屈なのはごめんですわよ。ただでさえコルセットが窮屈でございますのに」

アンジェリカはつんとして、面白くなさそうに返す。

「それに外見など、どうでもよろしいのでございますわ。いえ、もちろんメルの支度に間違いはないと思っておりますけれど、でも意に染まない結婚相手との会食なんて、カーテンを巻いていても充分ですわよ」

あーあ、とアンジェリカは嘆息する。

「あの庭師の服、動きやすくてもったいなかったんでございますわ」

「泥汚れの服ですよ。しらみもついていたかもしれませんのに」

「ちゃんとベランダの雪を溶かして洗いましたわ。泥汚れはあとでつけましたの」

「周到なことを……でも、もうあんな危険なことはなさらないでください」

といって、メルは申し訳なさそうに目を伏せる。

「裏切ったわたしが、なにをいうとお思いかもしれませんけど」

「はい、はい。繰り言はもうおしまいにいたしますですわよ」

ぱんぱん、と手を叩いてアンジェリカはメルを制止する。

「失礼いたします。夕食の時間だと侍従が呼びにまいりました」

ノックとともに、扉の外から護衛隊長の声が聞こえた。

いよいよ顔合わせだ。アンジェリカは、ふう、と息をついて立ち上がる。

かさばるスカートを両手で持ち上げ、ばさばさと蹴り飛ばして扉へ進めば、「姫さま、おやめください！」とメルがあわてて追いかけてきた。


広間に一歩入ったとたん、アンジェリカは緊張の空気を感じ取った。

その場にいるのは、アンジェリカのほか、侍女のメルと中年の護衛隊長。

給仕の老侍女と老侍従。護衛らしい金髪の青年騎士。

そして、白いクロスをかけたテーブルの対面に立つのは――。

「エイベルだ」

名前だけの自己紹介。もう知っているだろうといわんばかりの口調からは、まったく歓迎の意志がこもっていない。それでもアンジェリカは思わず息を呑む。

……なんて、美しいひとなんだろう。

きらめく白銀の髪に、氷河を思わせる怜悧な碧い瞳。身がすくむように整った面立ちと、冬の彫像のごときすらりとした容姿。完璧なまでの、冷たい美貌。

アンジェリカが赤毛で紅い瞳なのとは対照的だった。まるで北国に生まれたのが向こうで、こちらが南国に生まれついたようではないか。

三つ下の十九歳とあって、いくぶん少年めいた線の細さはあるが、アンジェリカより背は高く、将来はさらに目を惹く美丈夫になるに違いない。

皇国の服はベルトのたぐいがないようで、エイベルが着ている黒く長い服は、薄手のガウンのようだった。だがガウンよりもっと体の線に沿っていて、飾りも首元の銀の刺繍のみという洗練さが、より彼の美貌を引き立てている。

比べて、アンジェリカのかさばる衣装は野暮ったい。向こうは涼しそうで動きやすそう。あれが皇国のファッションかとうらやましくなる。

とはいえ、見惚れたのは一瞬。アンジェリカは即座に自分を取り戻すと、まっすぐ彼を見つめて口を開いた。

「アンジェリカでございますわ」

それだけ告げて、挑むようにエイベルを強く見据える。

貴方はこの結婚が気に入らないようだが、こちらだってまったく気に入らないのだとあからさまに伝えるように。

姫さま、とあわてるメルの声が聞こえ、護衛隊長も息を呑む気配がした。

向こうの老侍従や老侍女、青年騎士らも驚きを顔に浮かべる。

アンジェリカの傲慢な態度にもかかわらず、エイベルの冷ややかな美貌は一切揺らがなかった。小さくあごを上げ、「座れ」と示しただけだった。

この冷淡な態度。箱入りの貴族の姫なら、いくら強気な性格でもくじけてしまったはずだ。しかしアンジェリカは思わず「よし！」と体の陰でこぶしを握る。

（これ、これ。思ったとおりの冷酷皇子）

厚待遇につのっていた不安が一気に払しょくされる。変に歓迎されて逃亡の意志が懐柔されても都合が悪い。

それに、残忍なら話は通じないかもしれないが、侍従たちを見るに怯えた様子はない。ただ冷酷なら理知的、理性的ともいえる。交渉の余地はあるはずだ。

とはいえ、交渉には対価が必要。手元にあるのは持参した時代遅れのドレスと自分自身のみ。逃亡に反対するメルや護衛隊長にも頼れない。

こちらが差し出せないなら、向こうに差し出させるしかないのだが……。

（この、いかにも冷たい皇子の弱みを握るしかないってこと？）

そんなものがあるならばの話、だけれど。

アンジェリカは腰を下ろす。かさばるスカートがばさりと音を立てた。いくぶんほっとした様子で、老侍従と老侍女が給仕を始める。

そこでアンジェリカは目を剝いた。

かごに入った香ばしい匂いのパン、湯気の立つスープに、香草を使った魚料理。大皿の塊から切り分けられ、ソースをかけて出される肉料理……。

ノルグレンでの食事は、固い黒パンと具のないスープのみ。昼にはそれにチーズが足され、夕食でごくまれに薄い肉がつけば万々歳。スラムでも食うや食わずだったけれど、祖父や仲間や友人たちがいたから、まだ耐えられたのに。

（これでは城の兵士以下の食事です、アンジェリカ姉さま！）

アンジェリカの処遇を知った甥のダニールが哀れみ、母の目を盗んでよく食料を差し入れてくれた。彼がいなければ、オリガの手駒として引き取られた庶子姫に宛がわれる食事なんて、飢え死にしない程度でしかなかった。

幸い健康体に生まれ付いたアンジェリカでも、ノルグレンの王宮での粗食と過酷な生活で、スラムにいたときより痩せてしまったくらい。

それがまさか、政略結婚先でこの厚待遇とは。

「陛下はいまだ病の床だ」

配膳が終わり、美しいグラスに食前酒が注がれたあと、エイベルが口を開く。

「我らが婚姻の式は当面延期。日取りは改めて告示する」

目の前のご馳走にぼう然としていたアンジェリカは、はっと我を取り戻す。

「さよう……でございますか。感謝いたしますわ」

延期はありがたい。式で顔が知られては逃亡するのに不都合だ。

エイベルがあごで皿を示す。食え、とでもいいたげな仕草だ。むっとしつつも、アンジェリカは食前酒をあおる。とたん、目を剝いた。

果実の香りが口のなかに広がる。舌を通り過ぎ、のどへ流れる心地よい味。ほっと息を吐くとかすかに熱い。お酒は初めてだけれど、こんなに美味しいものとは。

次いでスプーンを取り上げ、スープをすくう。とろりとした甘味のあるスープは、一口でも至福の味がした。パンは焼き立てでぱりぱり、肉料理は焼き加減も絶妙でスパイスの効いたソースと合ってたまらなく美味。

もしかして皇国ではこんな祝宴みたいな食事が三食、そこへ軽食も？　気をゆるしたら、かさばるドレスがなくても動きづらい体になってしまいそうだ。

夢中で食事を口に運んでいたとき、エイベルの声が響く。

「……貧相なもてなしでも、不満はないようだな」

なんだって？

思わずアンジェリカは柳眉を逆立て、向かいに座るエイベルを凝視した。皇子は初対面のときとおなじ、感情の見えない冷たいまなざしでアンジェリカを見つめている。テーブルのうえで両手を組んで。

彼の手元にあるスープやパンは少しも減っていない。スプーンを取り上げた形跡もない。こんなに美味しい食事に手をつけないなんて、と憤りが増した。

「これを作ってくださいましたのは、どなたでございますかしら」

スプーンを握って振りかざして尋ねると、老侍女が身を縮めて頭を下げる。

「わたくしです。やはり、姫さまのお口に合いませんでしたでしょうか……。品数も少なく、材料も思うように調達できませんでしたので」

なん、だっ、て!?

何回目かの驚きに、もうアンジェリカは耐えられなくなった。

「とんでもございませんことですわよ！」

ばん、と不作法にもスプーンを叩きつけ、腰を上げる。

「大変に美味しゅうございますですわ。貴女の腕前、貧乏舌のわたくしでもわかるくらい超一流でございましてよ。それより、皇子さまのその物言い」

姫さま、とメルが押しとどめる声が聞こえたが、アンジェリカはかまわずに、テーブルの向かいのエイベルへ身を乗り出す。

「野蛮な田舎の北国出だからと、侮ってらっしゃるのでございますのね」

「そこまではいっていない」

「そこまで、ってことはそれなりには侮ってるんじゃございませんの！」

ダン、と今度はこぶしをテーブルに叩きつける。

「ひ、姫さま。どうか落ち着いてくださいませ」

さすがにメルが後ろから必死にドレスの袖を引く。

エイベルは両肘をつき、組んだ両手のなかに口元を隠して上目遣いにアンジェリカを見つめている。あたかも珍獣を観察するような目で、ますます面白くない。

「わかりましたわ、メル。落ち着きますわよ」

ふーっ、と毛を逆立てたヤマネコのようにアンジェリカは息を吐くと、メルを下がらせる。そのとき、ふと違和感を覚えた。

テーブルに手をついたまま、エイベルをにらむふりでそっと部屋をうかがう。

アンジェリカの基準からすれば広い部屋。しかし四人掛けのテーブルを入れて、向こうは老侍従と侍女と青年騎士、こちらはメルと護衛隊長。七名でいっぱい。扉は正面口と使用人用のふたつ。どちらも閉まっている。

特におかしなところはない。抱いた違和感をアンジェリカは見失いかける。

そういえば、この宮殿にはあまりにひとの姿がなかった。

皇子の蛮行のせいで、監視はつけても仕えたいと望む使用人は少ないとは聞いたけれど、青年騎士と老侍従と侍女の三名しかいないとは。

その監視もどこにいるのだろう。馬車での道すがら、皇宮のエリアに入ってから護衛兵の姿は多く見かけたが、皇子宮の付近では見かけなかった。

こんなにも使用人が少ない状況で、もしも皇子宮でなにかあったら、助けがくるだろうか。助けどころか、放置されてそのままかもしれない。

……と思ったとき、アンジェリカは違和感の正体に気付いた。

どん、と派手に勢いよく、わざと不作法に椅子に腰を落とす。

そのついでにさりげなく、膝でテーブルを跳ね上げる。皿が揺れてスープがこぼれ、手元にあったスプーンやナイフが足元に落ちた。

「ひ、姫さま。なんてことを」

メルがあわてふためいて拾おうと近寄る。だがアンジェリカはその手を払いのけるように、テーブルの下へとスプーンを蹴り飛ばした。

「わたくしのスプーン、拾っていただけますかしら、エイベル殿下」

なっ、とその場の全員が小さく声を上げた。アンジェリカ以外、皇子すらも。

「この僕に召使の真似をせよと？」

「殿下がいちばん、お近くでございますもの」

眉をひそめるエイベルに、アンジェリカはにっこりと笑みを返す。エイベルは冷徹なまなざしで見返して、ちらと視線を老侍従に送った。

即座にアンジェリカは身をかがめてなにかを拾い上げた、かと思うと床を蹴って一気にテーブルを飛び越え——。

「！」

ようとしたが、ドレスの裾でテーブルの皿をなぎ倒してしまう。

派手な音で皿が落ちるあいだ、エイベルもとっさに床を蹴って椅子ごと後方へ飛び退く。間髪容れずアンジェリカはテーブルを蹴りつけ跳躍した。

そして皇子目がけて手に持ったナイフを突き出す——！

「……なにをするつもりでしたのかしら」

みながはっと我に返ると、アンジェリカは皇子ではなく、いつの間にかその背後にいた護衛隊長へナイフを突きつけていた。隊長は隠し持っていたらしき短剣を手にしている。アンジェリカとエイベルの会話のさなか、彼はさりげなく位置を変え、忍び寄っていたのだ。違和感に気付かず見逃していれば間に合わなかった。

くそ、とうめいて護衛隊長は自分に突き出されたナイフを短剣で打ち払う。だが即座にアンジェリカは身を低くし、隊長の軸足目がけて激しく回し蹴りをした。相手がバランスを崩すとその後頭部目がけ、組んだ両手を激しく振り下ろした。

隊長はうめいて床にどさりと膝をつく。

「拘束しろ、ティモシー！」

エイベルの声が飛び、青年騎士があわてて駆け寄る。隊長の首に剣の刃を当て、ティモシーと呼ばれた騎士は「動くな」と命じた。

「おひとりで拘束は無理ですわね。手伝ってさしあげますわよ」

「は⁉　いえ、あの、姫君のお手を借りるほどでは……」

戸惑う騎士を無視し、アンジェリカはさっさと隊長の胸ベルトを外すと、両腕を後ろ手にさせて手首をきつくベルトで締め上げる。

「武装は解除いたしませんと。剣だけでなく、暗器もあるかもしれませんわよ」

隊長の腰のベルトから鞘ごと剣を取り上げ、アンジェリカはテーブルに置いた。彼女の先ほどの荒っぽい行動のせいでクロスは大きくずれ、皿は軒並み落とされて床はスープで汚れ、パンかごもひっくり返っている。

もったいない、とアンジェリカは唇を噛むが、大胆なことをしなければ皇子を害しようとする隊長は止められなかった。

（でもこれで恩を売れたなら、逃亡のための交渉が可能かもしれない）

「ティモシー、庭の倉庫へ監禁しろ。侍従長、彼女とふたりきりで話がしたい」

エイベルの命令に、青年騎士と老侍従は一礼する。侍従は青ざめた老侍女と血の気の引いたメル、騎士は拘束した隊長を引き連れて出ていった。

ひどい惨状の部屋に、アンジェリカはエイベルと取り残される。

しばし皇子はこちらに目もくれずテーブルに置いた剣を手に取って眺めている。無言の空気にいたたまれず、アンジェリカはその背中に声をかけた。

「ええっと、殿下、ご無事でよかったでございま……っ⁉」

ふいにのどもとへ剣が突き出された。

切っ先の向こう側には、エイベルの凍るようなまなざし。

少しでも動けば貫かれそうで、アンジェリカはごくりと息を呑む。

「どういう、おつもりですかしら」

「いまのは君の策略か」

思ってもみない問いにアンジェリカは目を剝いた。

「なっ……!?　違いますわ！」

「君が場を騒がせ、その隙にあの男が僕の背後を取ったのではないか」

「わたくしがあいつの蛮行を止めたんですのよ！」

「そこに裏がないとはいえない」

裏。たしかに交渉のきっかけが欲しかったが、皇子を害する輩と組んだと思われるのはあまりに心外だった。

「その身は軟禁させてもらう。もし、君が無実を証明できなければ」

だがアンジェリカがなにかをいう前に、エイベルは断罪するように告げた。

「――殺す」

第二章　この結婚、ぶち壊したいんですの

「不当でございますわ」

どすん、と自室のソファに腰を下ろし、アンジェリカは大きな声を上げる。

「あまりに不当でございますですわよ！」

「姫さま、どうぞお声とお言葉遣いを抑えて」

メルが必死になだめるが、アンジェリカはぷくぅと頬をふくらませる。

「わざと聞こえよがしにいってるんですわ。助けてさしあげたんですのよ」

「ですけれど、護衛隊長はノルグレンの者ですから……」

疑われるのも仕方がない、とメルはいいたげだ。

むむむ、とアンジェリカはますます頬をふくらませる。

（やっぱり、納得できない。自作自演する意味なんかないのに）

いくら態度で示したとはいえ、この結婚に気が進まないのだとはっきり伝えたわけではない。婚姻を破綻させたくて自作自演したなんて思いつくだろうか。

（それじゃ、最初から不審に思われていたってこと？）

なんて考えているうちに、外はすっかり夕暮れになる。

部屋のテラスから望める庭を室内の光が照らす。緑の木々が生い茂る庭は大理石の噴水まであって、これが昼間ならさぞ見事な眺めだっただろう。

「というか、やけに明るいでございますわね……って、もしかしてこれは〝マグナイト灯〟でございますの⁉」

天井から下がる明るい飾りランプに、アンジェリカは口をあんぐりと開けた。メルも興奮気味に口を開く。

「マグナイト灯ですか？　初めて見ました。実家でもノルグレンの王宮でも、穀物オイルのランプばかりでしたから。こんなに明るいものなのですね」

「さすがマグナフォートの皇子宮、まるで昼間……」

大仰な言葉遣いを忘れ、アンジェリカはぼう然とつぶやく。

マグナイト――主に皇国領内で採掘される宝石。はるか太古、この地で起きた魔法戦争の名残ともいわれているが、魔法が失われたいまではただの鉱物だ。

しかしエネルギー資源として非常に優れ、単純に燃やすだけでなく、精製して液体化し、より効率よく高エネルギーを生み出すことが可能。聖テラフォルマ大陸を走る鉄道は、このマグナイトを利用した発電装置で動いている。

大陸の国々にとっていまや欠かせない資源。国力の衰えた皇国がいまだ完全に衰退しない理由、そしてノルグレンが是が非でも縁組をしたい理由がこの宝石だ。

「ひ、姫さま⁉　なにをなさるんです！」

アンジェリカがテーブルを運び、部屋着のドレスの裾をばさりと不作法に蹴って上がったので、メルは悲鳴を上げた。

うろたえるメルをよそに、アンジェリカは飾りランプを手にして蓋を開く。

「まさか、マグナイトをそのまま燃やしてるの？　発電機の電気かと思ったら、なんたる贅沢！　宝石を燃やすのとおなじなのに。消すときはどうする？」

すっかりアンジェリカはエセ王族の言葉遣いを忘れ、吊るされている鉤から飾りランプを外し、どん、と床に飛び降りた。

そして部屋中を見渡し、サイドチェストの上でなにかを見つける。

「これね。この金属の覆いをマグナイトにかぶせて空気を遮断して炎を消すんだ。オイルランプとおなじか。そこは燃料がマグナイトだろうと単純なんだね。精製したマグナイトオイルは黒いのに、原石はこんな綺麗な薔薇色だなんて。宝石にせず燃やそうと考えた人間は、審美眼はないが先見の明がある」

「あの、あの、姫さま……？」

メルが戸惑いながら声をかけるが、アンジェリカは気付かずに、ランプを手にしてうろうろと部屋中を歩き回る。

「でも、発電機を使わないのはもったいない！　マグナイトは埋蔵量の把握が困難だという調査結果もあるのに、これじゃ無駄遣いだ。精製してオイルにすれば運搬も可能だし、一個そのまま燃やすよりもずっと効率的……」

はっ、とアンジェリカは足を止めた。

「え、ええと、ずっと、効率的でございますでありますのに、変ですわよね？」

「いまさらお言葉を改めても遅いですし、さらにおかしくなってます」

容赦なく指摘して、はあ、とメルはこれ見よがしに吐息した。

「姫さまはなにかに夢中になると、すぐにそうやって我をお忘れになる」

「夢中なんですから我を忘れるのは当然でございますわ。……それにしても、どうもこの皇子宮、いえ、エイベル皇子の周り、おかしいですわね」

といったかと思うと、ふいに身を返して庭へ出る窓へと歩み寄る。

「姫さま!?　どこへ行かれるんです！」

メルの言葉を無視してアンジェリカはカーテンを開き、掃き出し窓を開けるとテラスに一歩踏み出し、ランプを掲げて周囲を照らした。

「なにも反応ございませんわね。気配もありませんわ」

アンジェリカはランプをメルに手渡すと、いきなりテラスの手すりに手をつき跳躍、部屋着のドレスの裾をひるがえして飛び越える。

「ひ、姫さまっ！」

思いがけない行動にメルは仰天するが、アンジェリカはかまわず庭へ降り立った。

広い庭は静まり返り、灯り（あか）は背後でメルが掲げるランプのみ。その光が届く範囲の外はすべて闇に沈んでいた。

「姫さま、早くお戻りを！」

小声で必死に呼びかけるメルに、アンジェリカは片手を振った。

「メル、ちょっと散歩に出てまいりますわ」

「はあ⁉ な、なんですって、姫さま！」

あわてふためくメルを置き去りに、アンジェリカはすたすたと歩き出す。

まだ春の半ばだった。いくら南の皇国とはいえ、組紐（くみひも）のベルトをした部屋着のドレスのみではさすがに肌寒い。しかし、過酷なノルグレンの冬を越えてきたアンジェリカにとっては暖かいくらいで、足取りも揺るぎない。

やがて庭を囲むレンガ塀に行きついた。アンジェリカは塀を見上げる。

「高さはさほどでもない、か」

視界をさえぎる程度の高さ。足場があれば難なく越えられそうだ。

皇帝が住まう皇宮は、城塞都市である皇都の高台にあるらしいが、エイベルの皇子宮は北側の外れ。規模からすれば宮殿というよりも館だった。濠（ほり）などはなく、侵入者を防ぐのもこの塀のみ。むろん、外敵は城塞が防ぐため、宮殿や館の塀なんてそれこそ生垣程度のお飾りでいいのだが……。

暗さに目が慣れてきて、ふたたびアンジェリカは堂々と庭を歩き出す。

辺りは静かで脱出に気付かれた様子はない。気付かれても、なんとかしていい逃れはするつもりだった。いくらなんでも問答無用で殺されたりはしない……はず。

少し歩くと壁のそばに立木が見つかった。アンジェリカは部屋着の裾をたくしあげ、組紐ベルトでからげると、するすると木を登る。

「懐かしい、スラムにいたときは仲間たちとよく木登りや壁登りをしたんだ」

そうつぶやきながら、梢（こずえ）までたちまちたどりつく。

が、塀の向こうをうかがってはっと幹の陰に身を隠した。

いくつかの灯りが皇子宮の周囲をゆっくりと行き交っている。警らだろうか。ここは皇都の外れなのに、見回るほど犯罪率は高いのか。いや、それとも……。

見極めなくては。アンジェリカは素早く、かつ音もなく立木を滑り降りる。いくつかの小石を拾い、迷わず塀の向こうへと投げ込んだ。

「ッ！」「なんだ、物音がしたぞ」

何人かの男の声とともに足音が闇に響く。アンジェリカは塀の陰に身を隠し、息をひそめて聞き耳を立てた。

「怪しいものはいたか」「いや、いない」「変だな、草むらで物音がしたが」

聞き取れる声は三名。梢から見えた灯りも三つ。数は合っている。

「……もしや、皇子宮から皇子が脱走したとか」

とっさにアンジェリカは身をこわばらせた。

「まさか。ずっと軟禁されてきた小僧がひとりで出歩けるか？」

「ともかく皇子宮の周囲の警戒を強める。皇都中の警備もだ」

声のあとに走り去る足音、ただし一人分。ほかのふたりの気配が遠ざかった様子はない。アンジェリカはそっと身を起こし、壁際を離れる。

たかが物音いくつかしただけで、この緊張ぶり。それだけエイベルを警戒しているのか。けれど護衛もろくにいない弱冠十九歳の皇子をそこまで警戒なんて。母殺しで、花嫁もひん死にして追い出す残忍さだから？

第一、なぜ軟禁と監視だけで済ませているのだろう。皇帝がひと声かければ、極刑にも無罪放免にもできるはず。皇国もとりあえず法治国家ではあるけれど、残念ながら皇族の権威が法を踏みにじる例は多々あるのだし。

(そういえば、皇帝は病床についてるとか……)

会食でのエイベルとの会話を思い返す。

第一権力者の不在と弱体は政治の混乱を招く。かつての大国もいまや国力は衰えつつある。それを引き留めるのは〝マグナイト〟の生産だが、自室で見た無造作な使われ方からすると、価値を真にわかっているのか不安になる。

腕組みをして首をかしげつつ、アンジェリカはまたすたすたと歩き出した。情報もなしに考えても仕方がない。まずはいまの目的を絞る。

それは――脱出すること。自由を得ること。

自分だけなら上手(うま)くやれば逃げ出せるはず。でもメルを残してはいけない。

護送中のときは、メルが脱走を承知して手助けしてくれると思い込んでいた。自分が逃げても、護衛の少なさから発覚も遅れるはずと考えていた。

だがいまは違う。敵地に彼女を置き去りにすることになる。そのためには、もっとべつの行動を取らなくては。

　ぐるりと建物を回る。灯りのついている場所を探すと、自室の反対側に見つかった。庭に張り出すテラスの窓から光は漏れている。アンジェリカは身軽に手すりをつかんで飛び越え、壁に貼り付いた。

　窓にかかる分厚いカーテンの隙間からそっとのぞくと、人影が見えた。ベルトだけの締め付けのない黒の部屋着姿で、背丈や格好からしてエイベルに違いない。

　エイベルは窓に背を向けて立っていた。いや、なにか長い棒状のものを握り、しきりに動かしている……。

「……ほへ？」

　そこで思わずアンジェリカは変な声を上げてしまった。

　エイベルは、マグナフォート皇国の第一皇子は、アンジェリカに剣をつきつけて身の潔白を示さなければ「殺す」と告げた冷徹な氷皇子は、なんと――。

「待って。ま、ま、待って？」

　――箒（ほうき）を握って、掃除をしていた。

　床板から絨毯、きちんと部屋の四隅まで掃き、ちりとりに集めて屑籠（くずかご）に入れている。

　美しく整った横顔は大真面目で真剣に見えた。

　どうして？　なんで？　なんで第一皇子が掃除なんかしているの？

どうして侍従に任せないの、仮にも皇族なのに⁉

驚きのあまり硬直していると、皇子の姿が厚いカーテンの陰に隠れて見えなくなった。むむ、とアンジェリカはいっそう窓に貼りつき、目を凝らす。

「ッ！」

突如アンジェリカは飛び退る。と同時に窓が激しく蹴り飛ばされて開いた。

とっさに身を返してバルコニーの手すりを乗り越えようとしたとき、首筋に冷たく固い感触が触れる。――剣か。

「無駄だ。自室まで追うぞ」

背後からの冷ややかな声に、ごくり、とアンジェリカはのどを鳴らす。

「両手を挙げろ。動けばこの場で斬り伏せる」

「待って。待ってくれ……ませんこと！」

アンジェリカは両手を挙げ、必死に呼びかける。

「わたくしはただ、お話をしにきたのでございますわ！」

「話など必要ない」

「この境遇から、貴方を救うお話でも⁉」

一瞬、背後が沈黙する。そこへ青年騎士の声が響いた。

「殿下、いまなにか大きな物音がしましたが……アンジェリカ姫⁉」

「君はなにを知っている」

　騎士の驚きにもかまわず、エイベルは鋼鉄のごとき声で尋ねる。

「ふたりきりで……お話しさせていただけますかしら。ご安心を、わたくしは丸腰でございますわ。お話が気に入らなければ」

　剣を突き付けられながらも、アンジェリカは冷静に告げる。

「そのときは、好きに処分してくださいませ。ただしメルは、わたくしの侍女はなにも知りませんの。彼女は解放なさってくださるかしら」

　返事はない。だが、す、っと首筋に触れる冷たいものが消えた。ほっとして振り返って、アンジェリカは思わず目を剝く。

「なっ……箒、だったのでございましたですの⁉」

　部屋着のエイベルが手にしていたのは剣ではなかった。つまりいま、首筋に当てられていたのは箒の柄だったわけだ。

「そういうものを見抜けぬ相手の話など不要だな。……が」

　氷の湖のような冷たいまなざしでエイベルは告げる。

「こちらに監視の手が足りないのは理解しているようだ。入れ」

といってエイベルは背をひるがえし、部屋に戻っていく。ぐぬぬ、とアンジェリカは唇を噛むが、すぐに気を取り直し、ふんと鼻息荒くずんずんと進む。

エイベルの部屋はアンジェリカの部屋と大差はなかった。むしろこちらのほうがわずかに狭く感じた。棚や天蓋付きのベッド、ドレッサー、ソファにテーブルと調度品は最小限、それも年季が入っている。

そういえばここは北側。よく日の当たる南側の部屋はアンジェリカたちにあてがっている、ということだろうか。まさか、新参のこちらに配慮したのか？

解せないことばかりと思いつつ、椅子に座るエイベルの正面に立つ。彼は「座れ」とでもいいたげに向かいのソファにあごをしゃくった。礼儀の欠片もない仕草にむっとなるが、そもそも不法侵入はこちらだと思い直す。

「ふたりきりで、と申し上げましたのですけれど」

戸口で戸惑い気味に立っている青年騎士を、アンジェリカは見やる。

「男とふたりきりで部屋にこもるのか」

「縁組のお相手とふたりきりで、なにか不都合でもございますのかしら」

エイベルはじっと見返すが、戸口の騎士へと小さくあごをしゃくった。このひと、あごを動かす以外に命令の仕草がないのか、とアンジェリカは呆れる。

ティモシーは戸惑いながらふたりを見比べ、困り顔で頭をかいてお辞儀をして出ていった。おそらく念のためだろう、小さくドアは開いたままだ。

ふたりきりになり、アンジェリカは改めて目の前の皇子を見つめる。

冷ややか。愛想の欠片もない。感情の色も読めない。だが驚くほどの美貌。スラムにいたころ、祖父のもとで学術書だけでなく俗っぽい本も読んできたアンジェリカは、こういう存在に心を傾けて破滅する物語に何度も出くわした。

「……本当に、ただの氷の彫像でしたらよろしゅうございましたですのに」

「不法侵入のうえに度胸のある言い草だな」

エイベルは眉のひと筋すら動かさずに皮肉で返す。むむ、とアンジェリカは柳眉を逆立てる。これで年下なのだと思うと、どうにも面白くない。

「人払いをしておいてなんでございますけれども、丸腰でよろしいんですの。わたくしの腕前はご存じでございますわよね」

エイベルは椅子に立てかけた箒にちらと目を向けて、答える。

「少しはできるようだが、僕の相手にはならない」

アンジェリカなんて箒で充分というわけか。ますます面白くない。いやいや、面白がる必要はないのだ。目的を忘れるな、とアンジェリカは自分にいい聞かせる。

「本題に入らせていただきますわ。単刀直入に申し上げますけれど」

気を引き締め、アンジェリカは口を開くと、

「わたくし、この結婚を――ぶち壊したいんでございますの」

真っ直ぐに爆弾を投げつけた。

……と思ったが、エイベルの表情は毛ほども変わらない。

本当に十九歳だろうか、いや、感情がある人間なのか。ノルグレンにある、冬になると攻城兵器を載せても割れないほど分厚く氷が張る湖を思い起こした。

「国益を損ねてもいいのか」

エイベルはひじ掛けに肘を置き、足を組んで傲慢な態度で訊き返す。

「ご存じでございますわよね、わたくしが庶子でスラム出なのは」

アンジェリカも負けじとふんぞり返って足を組む。とても〝姫〟と思えない態度だが、どうせ破談にしたい婚姻だ。妃にふさわしくないと思われるなら好都合。

「こちらをぞんざいに扱う国の益など、どうでもいいんでございますのよ。それに、殿下がこれまで多くの縁談を破ってきたのも知っておりますですわ。であれば、わたくしも同様に追い出していただいても不都合はございませんでしょ？」

「なんの益もないことはしない」

「まあ、それでしたら、益を差し上げればよろしいんでございますのね」

ここからは、はったりだ。アンジェリカはソファのひじ掛けを握り締める。

「この館の警備、あまりに手薄で気になりましたの。そのくせ、外には監視の兵がうろついてますですわよね。しかも、わざと姿を隠して」

ずばり指摘するアンジェリカだが、エイベルが事もなげに返してきた。

「母殺しで、配偶者もすぐに追い出す問題児の皇子だからな」

「だから監視を付けて当然だと？　でも、おかしいじゃございませんの」

揶揄(やゆ)する口調で話しながら、アンジェリカは余裕を見せるために足を組み替える。

どう考えても弱い立場なのはこちら。しかし弱味を見せるつもりはない。交渉は対等の条件でこそ有効に働くのだから。

「第一皇子とて問題児。立太子の式もまだなら、裁判なしに皇帝権限で処分が可能ですわ。まさかマグナフォートが人道国家のおつもりじゃございませんわよね。だいたい扱いが半端なのですわ。監視の予算は割くくせに、使用人は騎士さまを入れて三名、食事も部屋も貧相。つまり皇子宮自体にあてがわれる予算はわずか」

貧相だなんてこれっぽっちも思っていない。だが、

〝おもてなしも不充分で、心苦しゅうございます……〟

侍従の言葉を思い返せば、皇国ではこの待遇が標準以下なのだ。であれば、自分の基準は振り捨てなければならない。

「皇子ともあろうお方が、わざわざ自らお手を汚して自室をお掃除だなんて。使用人が足りないにしても、ご不自由が過ぎてお可哀想ですわよ」

「いや、趣味だ」

「え……趣味⁉」

「冗談だ」

目を剝くアンジェリカに、エイベルはにこりともせずに答える。

アンジェリカはソファに脱力した。真顔で冗談はやめてほしい。第一印象とは真反対に、なんて調子の狂うひとだろう……と思って、ふと面白くなってきた。

日陰の身上のはずなのに、ユーモアを解する精神的余裕がある。

不思議なひとだ。冷たいだけの質ではない気がした。もっとも残忍という性質から諧謔を楽しんでいるだけかもしれないけれど。

「よいご趣味でございますこと。とはいえ、わたくしのフォークは拾ってくださらないところを見ると、ひと目のある場で使用人の仕事を奪うような真似はなさらないだけの分別、もしくはプライドがおありと見ましたのですわ」

アンジェリカの皮肉にも、エイベルの冴え冴えとした瞳の色は揺らがない。

「君のいう、扱いが半端というのはどういう意味だ」

「そうですわ、それだけ不遇のご身上にもかかわらず」

アンジェリカは鋭く、紅い瞳を光らせる。

「わずかでも予算を与えて生かす。それって……なぜなのでございましょうね」

空気に雷が走った、気がした。だがアンジェリカは畳みかける。

「自由に出歩くのをゆるさず、生かさず殺さずの扱い。常人なら耐えられない処遇でございますわ。なのに貴方さまはそれでも余裕がある。おそらく、決定的な手出しはされないとの確信がおありなわけですわよね」

「打開策があるとでも」

ずばりと返された。アンジェリカは内心驚く。まさかこんなにすぐこちらの手に乗ってくれるとは……と思ったが、エイベルは冷たい口調でつづけた。

「腕に覚えはあっても君はひとり。供は頼りない侍女だけ。皇宮の狡猾な貴族や皇族たちと、どう渡り合う」

「少なくともわたくし、あの騎士さま並みには腕が立つと自負していますわ」

それに、アンジェリカは声に重みを持たせていった。

「知識と情報は千や万の軍勢に値する、との言葉がございますでしょ。わたくしに足りないのは、ただ情報でございますですの」

「大言壮語だな。つまりは君が」

エイベルは冷然とした面持ちで、ずばりと尋ねた。

「――僕の、千の軍勢になるというのか」

空気が張り詰めた。ふたりは緊迫のなかで見つめ合う、いや、にらみ合う。

「もちろんですわ」

ややあって、アンジェリカは自信を秘めた強い声で答えた。

胸のなかでほんのわずか、後悔がかすめる。

あくまで、こちらはアンジェリカただひとり。軍勢どころか護衛になるかも怪しい。

だが、どうせはったりならここだけは誠意と真摯を見せなくては。交渉は信頼が必要だ。対等の立場を求めるならなおのこと。

「ただし、現状の貴方の行き詰った状況を打開し、わたくしをこの結婚より解放するまで、ということでございますけれど」

「具体案を出せ」

エイベルは毛ほども動じたふうを見せず、淡々と告げた。

「君の口から出るのは大言壮語と絵空事ばかりだ。僕から信用と情報を引き出したいのなら、空に描く絵ではなく、検討に値する実現可能な案を見せろ」

よし、とアンジェリカは心のなかでこぶしを握る。

「では、まずひとつ目ですわ」

アンジェリカは指を一本立ててみせる。

「いま拘束しているこちらの護衛隊長を解放なさいませ」

意外な言葉に、エイベルもさすがに眉をひそめた。

「無益どころか有害な手だが」

「どのみち監視の手が足りませんですわよ。ご安心を、面倒なことにはなりませんわ。それと皇子宮に出入りの商人のリストを。予算がついているなら、ささやかですがそこから調達したいものがございますの」

「ずいぶんと初手から要求が多いな」

畳みかけるアンジェリカにも、エイベルは変わらず冷ややかに見返す。

「もちろんでございますわよ。なんといっても貴方がおっしゃるとおり、こちらは空手も同然でございますもの。いずれ貴方の千の軍勢になるとしても」

にっこり、とアンジェリカは優雅にほほ笑んだ。

「手始めに、貴方の軟禁状態の抜け道を見せてさしあげますですわ」

◆

青い海と港が間近の下町は、種々様々な匂いがした。

人混みのなかで、くん、とアンジェリカは鼻をうごめかす。

もちろん心地よいものばかりではない。下水道は完備されていても清掃や管理が不充分らしく、ときおり潮の匂いに混じって鼻をつくいやな臭いもした。

だが露店で売る揚げ菓子の甘い香りや、スパイスの効いた炒め肉をパンに挟んだ軽食の香りなどは、昼間近とあって空腹を刺激される。

今日の彼女は、汚れた男物の服と目深にかぶった帽子で美貌を隠している。皇子宮に出入りの商人から秘密裏にこの服を調達し、さらにその商人の下働きに扮して荷馬車に便乗して抜け出してきた。むろん、エイベル皇子の黙認のもとに。

メルがいるから逃亡の恐れはないと、エイベルはこんな突飛な行動もゆるしたのだろう……たぶん。あの冷ややかな皇子の考えは、まだよくつかめないけれど。

「これをひとつ！」

アンジェリカは露店のひとつに歩み寄り、いい香りのする揚げ菓子を買い求めた。新聞紙に包まれて手渡される菓子を受け取って、ひとつ頰張りながら油の染みる新聞紙を斜め読みする。

『日刊マグナフォート』

当たり障りのない名前の新聞だが、記事内容はいわゆる低俗なゴシップ紙。扱っているのは信ぴょう性の不明なニュースばかり。貴族や皇族、資産家の醜聞が中心だ。これがノルグレンならすぐに発行停止に追い込まれていただろう。だが皇国では、とりあえずお目こぼしされているらしい。民衆のガス抜きのためか、単に政府が民衆に目を向けていないだけか。

あるいはゴシップに徹して、政府の政策自体には触れていないせいか。

「……やっぱりね」

記事の署名を見てつぶやくと、アンジェリカは雑踏のなかを歩き出す。

皇国の下町は、閑静な皇子宮と違い、ひとの声と行き来にあふれている。活気ある様子に、アンジェリカはふと故郷を思い起こす。

ノルグレンのスラムは、ひとが住める場所ではなかった。

祖父には支援者がいて、そのおかげで屋根のある家にも住めて、まともな食事が摂れたが、ほかの子どもたちは食うや食わず。アンジェリカは空腹をこらえ、乏しい食事を友だちと分け合ったものだ。

下町には、物乞いや、市場や店の残飯を漁るために友だちと訪れた。

もちろん、盗みのために訪れた仲間もいた……。

アンジェリカ自身は犯罪に手を染めたことはない。何度も仲間を止めて、そのたびに喧嘩になった。食事だけでなくなけなしの小遣いを渡したりもした。

そうまでしても、彼らを止められたことなんてなかったけれど。

思い返すだけで胸が苦しくなる。貧富の差が当たり前なんて、上にいる輩の言葉だ。踏みつけにされるものがいて成り立つ〝この世の真理〟なんて、馬鹿げている。

胸痛む記憶を思い返しながら、アンジェリカは歩きつづける。

古い城下町だけあって道は入り組んでいたが、街角に刻まれる番地のプレートを頼りに、やがてとある古いレンガ壁の建物にたどりつく。

『日刊マグナフォート社』

戸口に掲げられた看板をたしかめ、アンジェリカはドアを押し開ける。

「失礼する」

内部は雑然としていた。書類や本が積まれた机に埃っぽく、嚙み煙草の鼻をつく臭いがただよっている。狭い社屋に、従業員はわずか数名。

「なんだ、小僧」

いきなり入ってきたアンジェリカに、入口近くの席の若い男が腰を上げた。

「〝囲い職人〟こと、トーバイアス・ミラーはいる？」

気にせずアンジェリカは話しつづける。男は眉をひそめて答えた。

「そんな名前のやつはこの社にはいない。帰れ」

「うそだよね。いるだろ、トビー！」

アンジェリカはうずたかく本が積み上がる奥の机に呼びかける。

「どういうことだ。なんだおまえ。なぜその名を……」

本の山の向こうから熊のような濃い髭の男が立ち上がった。アンジェリカが帽子をわずかに上げて紅い瞳を見せると、髭男は大きく目を開く。

「おまえ、まさか……⁉　待て、待て待てまて！　こっちだ」

中年記者はアンジェリカの背を押して隣の小部屋へと導くと、鍵を締めた。

「なにをしにきた、ジェリ。おまえがスラムから連れていかれて、皇国の皇子と結婚したのは聞いていたが、まさかここに訪ねてくるなんて」

「ジェリって呼び名は懐かしいよ、トビー。子どものころ以来かな」

焦ってまくしたてる髭男に、アンジェリカは嬉しそうに返す。トビーこと髭男はますます焦る顔になった。

「おまえが回らない口でジェリって自己紹介したんだろ。じゃなくって、なぜここに？　第一皇子の宮にいるんじゃないのか。というか、よく俺の居場所が」

「トビーが皇国の記者だってのはお祖父ちゃんから聞いてた。ペンネームも」

新聞紙の袋からべたべたした揚げ菓子をつまんでもぐもぐしつつ、アンジェリカは話をつづける。

「囲い職人はペンネームのひとつだよね。手がけた記事は、ほぼ政府の醜聞か政策の糾弾記事。本名を隠すのは上から目をつけられないため。政治学者の祖父を訪ねてきたのも、他国の政治情勢や形態を研究してたから、だったっけ」

「俺のことはいい。それよりおまえだ」

困り顔で、トビーは太い人差し指をつきつける。

「おまえ、いまや皇子妃だろう。スラムにいたころとおなじに、そんな平民みたいにふらふら出歩いて大丈夫なのか？」

「そこは事情があるの。今日は昔馴染(むかしなじ)みと祖父のよしみで頼みがあってきた」

アンジェリカは帽子の陰でにやっと笑う。トビーは顔をしかめた。

「どうせろくな頼みじゃない。やめろ」

「ここの仕事だって高尚なものじゃない。記事はどれも低俗で信ぴょう性の薄いゴシップばかり。政府に物申すかつての剣のごとき鋭いペンはどうなったの？」

「そういうのがウケるんだよ」

「ごまかさなくてもいいよ。そういう低俗な記事のなかに……わかるひとにだけわかる情報を隠してる」

でしょ？　とアンジェリカが片目をつぶると、トビーは髭に埋もれる口をつぐみ、ややあって頭をかきながらぼやいた。

「……俺になにを要求するつもりだ」

根負けしたような問いに、アンジェリカは悪い笑みを浮かべる。

「第一皇子の結婚相手の悪い評判を流したい」

「はあ？　つまり、おまえ自身の中傷をってことか？　どういう意図だ」

「それに加えて、これが重要なんだけれど」

トビーの言葉をさえぎるアンジェリカの笑みは、いっそう楽しそうになる。

「わたしを、記者として雇って」

第三章　せっかくのお茶会、張り切ってまいりますわ

「……どういうおつもりです、アンジェリカ妃殿下」

テラスに面した窓から射し込む昼の光が、中年男の渋面を照らす。

皇子宮の私室で、アンジェリカは解放された護衛隊長と向き合っていた。背後には、メルがはらはらする顔で控えている。

「妃殿下はやめていただけますでございますこと。式はまだでありますのよ」

昨日、トビーと会って久しぶりに素の自分に戻ったからか、アンジェリカの言葉遣いはどうもぎこちない。が、頓着している場合ではなかった。

護衛隊長は丸腰だった。さすがに武装して解放するほど、アンジェリカはもとよりエイベルも馬鹿ではない。

「自分を解放するよう皇子に進言したのは、その、姫君とうかがいましたが」

「ええと、護衛隊長……ではなく、グリゴリ伍長でございましたわね」

名前を呼ぶのは信頼の第一歩。思慮深く、アンジェリカは言葉を選ぶ。

「いったいなぜ、敵地で皇子の命を狙うような真似をなさいましたんですの」

「……自分が、答えるとでも」

「答えていただけないのでしたら、推測するまででございますですわ」

ひじ掛け椅子で足を組もうとして、上流階級の女性としては行儀が悪い仕草だと気付き、あわてて足を戻してアンジェリカは話をつづける。

「警備が手薄と見て、会食の席で襲ったのでございましょう。正直、短慮ですわよ。あの場で上手く皇子の命を奪っても、護衛騎士さまがおいでですわ」

そんな指摘にも、グリゴリは厳めしく口をつぐんでいる。

見たところ、年は三十後半か四十前半。トビーと似たような年齢か。その年で伍長なら、間違いなく平民出。他国の第一皇子謀殺という危うい任務を任されるくらいには腕が立つが、使い捨てにしても惜しくはない立場。

「つまりは、ご自分がここで命を落としてもいい覚悟でございましたのね」

背後でメルがおろおろする気配が伝わってくる。いくら丸腰とはいえ、皇子の殺害を謀った相手と渡り合うアンジェリカが心配でならないのだろう。

「わたしのお祖父ちゃ……祖父が、ああ、この場合はむろん母方の祖父でわたくしがこの世で唯一血縁と認めるひとですわ。その祖父が常々いってましたんですの」

人差し指を振りながら、もったいぶってアンジェリカは言葉を継いだ。

「人間、自分以外のためなら必死になれる。命だってかけられるし、残酷にもなれる。人間は社会的存在、自分自身のためだけには動けないのですって。他者に尽くすことに命をかけるのは英雄的な気分も満たされますものね」

「なにをおっしゃりたいのです」

グリゴリが眉を険しく寄せるが、アンジェリカは真剣な顔で返す。

「もしや、ご家族か親しい方に危険が迫っているからではございませんこと」

はっとグリゴリが目を開くが、すぐに顔をそむけた。やっぱりね、とアンジェリカは胸の内でうなずくと、ちらりと背後に目をやる。

「メルも家族の命を盾に、わたくしの逃亡を阻止するよう命じられていましたの。それはご存じでしたのよね、あのタイミングで伍長どのの隊が現れましたもの」

グリゴリは目を落とし、メルも居心地悪そうに顔を伏せる。アンジェリカはひじ掛けに肘をつき、頰に指を当ててグリゴリを見つめる。

「でも、おかしいですわよね。この同盟を是が非でも結びたいからわたくしの逃亡を阻止したはず。なのに、その結婚相手を暗殺しようとするなんて。婚姻を継続したいのか破棄したいのか、あなたがたに命じた者の思惑には矛盾がありますわ」

メルもグリゴリ伍長も息を呑み、探るようなまなざしで互いを見つめる。

「とはいえ……わたくしが皇都に到着しなければ、あなたも謀殺相手の皇子のもとにもたどり着けませんですわね。そこに矛盾はございませんけれど、ね」

アンジェリカの紅い瞳に鋭い光が宿る。言葉にはしないが、暗に別々の黒幕がいると示唆したのだ。

「それより、わたくしの逃亡を阻止できたメルはともかく、伍長どののほうはいつまでも皇子が生きていてはまずいのではないかと思うのでございますわ」

「では、どうしろとおっしゃるのですか」

こぶしを握っていい返すグリゴリに、アンジェリカは抑えるように手を挙げる。

「あなたに暗殺を命じた者について、教えていただけませんかしら」

「……ですから、俺がそれを口にできるとでも」

「それを聞いて、わたくしが口外するとおっしゃるのでございますかしら」

アンジェリカは空の両手を広げる。

「丸腰のあなたとおなじく、わたくしにもなにもございませんわ。あなたと身体能力に引けは取らなくても害することはできませんことよ」

「貴女を害するつもりはない。あくまで目標はあの皇子です」

「暗殺が成功しても、あなたの大切なひとが無事とはかぎりませんのに？」

ずばりとアンジェリカはいった。

「目的のためならば人質を取る。成功するならあなたの命も顧みない。そんな卑劣な手を使う輩が、まさか約束を守ると信じていらっしゃるのですかしら」

「だが、遂行せねば妻は殺される！」

悲痛な声を上げるグリゴリに、アンジェリカは真摯なまなざしで告げた。

「ですから、どうか、わたくしに協力なさっていただけませんこと」

「……なんだと」

凍り付くグリゴリに、アンジェリカは立ち上がって手を差し伸べる。

「いまはわたくしもメル以外に味方のない孤立無援状態でございますの。この結婚から逃げるために、あなたのお力が必要なのですわ」

アンジェリカは真剣なまなざしと声音で、言葉を重ねた。

「お願いいたしますわ、伍長。むろん、信用ならないならお断りいただいてかまいませんことよ。でもお味方してくださるなら、あなたの大切な方を助けるために、わたくしは全力を尽くしますわ」

「妻を、どうやって助けるというのです」

グリゴリは険しい目でにらみつける。

「失礼ですが、御身はおひとり。腕が立つのはこの身で知っておりますが、危険な者の手のうちにいる妻を助けられるとは思えない」

「手段は情報により講じられる。これも祖父がいっていた言葉ですの。わたくしが徒手空拳なのはひとえに情報が足りないことでございますわ。それに暗殺を失敗したいま、あなたもおひとりでは無謀でございましてよ」

アンジェリカの真摯な説得に、グリゴリは体の陰で硬くこぶしを握り締めた。

「……一晩、考えさせていただけまいか」

「けっこうですわ。それでは、こちらを」

アンジェリカはメルに目顔で合図する。彼女は部屋のクローゼットから薄汚れた袋を取り出し、グリゴリに差し出した。「これは？」と彼は困惑の顔になる。

「逃亡用の荷物でございますわよ」

なっ、と驚くグリゴリに、アンジェリカは優しく語りかける。

「わたくしの誠意ですわ。中身はわずかですけれど、旅費と、取り上げておいたあなたの身分証明書。国境を越えるには必要でございますものね。不確かな条件で大切な方を案じるあなたを引き留めるのは公平じゃございませんわ」

「な、なぜ……このまま、俺が逃亡してもいいと？」

目に見えてうろたえるグリゴリに、アンジェリカはにっこりと笑いかける。

「それでは一晩、考えてくださらないかしら。大丈夫、監視はつけませんわ。窓の鍵も開いていましてよ」

笑みを収めて真剣な顔になり、アンジェリカは強い声で告げた。

「お約束いたします。あなたの大切な方は、必ず、救い出すと」

◆

「……それで、不様にも逃げられたわけだな」

手厳しい言葉が、エイベルの唇から投げられる。

うぐぐ、とアンジェリカは言葉に詰まった。

皇子の自室で、ふたりは向き合っていた。お互いソファに腰を下ろしており、戸口では護衛のティモシーが笑いをこらえる顔で立っている。

「だ、だって仕方がないじゃございませんの。あそこで無理に引き留めて、こちらの誠意を見せず要求だけしても、味方になどなっていただけませんことよ」

「その誠意とやらのために、再び僕の命を危険にさらす可能性があるのだが?」

「二度も三度も襲撃をゆるすほど、貴方も間抜けじゃございませんわよね」

悔しさをこらえ、アンジェリカはいい返す。

「それより、お話とはなんでございますかしら。わたくしの不始末を皮肉って糾弾するためにお呼び立てなさったんでございますの」

「もちろんそれもあるが」

澄ました顔で答えてアンジェリカをますますぐぬぬ、とさせると、エイベルはティモシーに目をやった。すぐさま騎士は執務机に置かれた一通の封筒を取り、アンジェリカにうやうやしげに差し出す。

「実は茶会の招待状が届いた。面白いことに、僕らそろっての招待だ」

甘い香水の匂い付きの封筒で、封蠟は獅子の紋章入り。獅子は皇国の紋章、ということは、差出人は皇族か。アンジェリカは受け取ってなかの手紙に目を通す。

「差出人は〝ミルドレッド・ディ・ベリロスター・マグナフォート〟……これは、どのような方でございますの。女性なのは確実でございますけど」

「それを教える義務も義理も僕にはない」

「あら、そうでございますの。よろしくってですわよ」

取り付く島のない答えに、む、とアンジェリカは眉を逆立てる。

「どのみち、わたくしの目論見どおりの運びになっているのでございますもの」

なに？　とけげんな顔になるエイベルに、アンジェリカはほくそ笑む。

「日刊マグナフォートというタブロイド紙をご覧あそばせですわ。あとでメルに届けさせますですわよ。それと、貴方に義務はなくとも、ほかの方には差出人について尋ねてよいということですわね」

「君がどう受け取るかは自由だ」

エイベルは冷ややかな口調に戻った。だが、まなざしには興味深そうな光が宿っている。おや、とアンジェリカは意外な想いで目をみはる。

「ご用件が終わったなら、茶会の準備に取りかからせていただきますわ」

アンジェリカはすっくと立ち上がって会釈すると身をひるがえし、ティモシーがうやうやしげに開く扉からさっさと退散した。

「姫君、改めてお礼を申し上げます」

廊下に出たとたん、騎士が頭を下げる。アンジェリカは戸惑い気味に返した。

「え……と、なんでございますかしら。騎士さまにお礼をいわれるようなこと、わたくしはした覚えはございませんですわよ」

「殿下が、あんなふうに楽しそうに語らうのは久しぶりなんですよ」

「楽しそう……え、あのお姿が楽しそうでございましたの⁉」

思わずアンジェリカは呆気に取られた。

だってずっと表情はほぼ変わらず、口を開けば出てくるのは嫌味と皮肉。それなのに楽しんでいたって？　まあ、皮肉で面白がっていたみたいだけれど。

「それは……それは、まあ、ようございましたですわ。それはそれとして、ミルドレッド嬢はどんなお方かご存じですかしら？」

エイベルから訊けないなら、とアンジェリカは尋ねる。

「ミルドレッド殿下は、エイベル殿下のお母上違いの姉上です。御年二十三歳。陛下のご子息のうち、第一皇子の殿下より年上なのはミルドレッド殿下のみです」

つまりは異母姉か。皇族とは思ったが、意外に血が近い。

マグナフォートでは、女子に皇位継承権はない。だから明確な権力者とはいいにくい。しかしアンジェリカを茶会に誘うところを見ると、社交的でかつうわさ話に目がない性格のはず。そのうえ皇族なら人脈も広そうに見える。

「栗色の髪と緑の瞳の麗しいお方ですよ。さすが殿下の姉上です！」

誇らしげに語るティモシーに、アンジェリカは冷静に尋ねた。

「外見はともかく、性格は？　社交界での立場はいかがなのですかしら」

「そうですね、優雅で話し上手で、意外にやり手だって話は耳にします」

うーん、とティモシーは腕組みして目を上げる。

「商人への援助や困窮した貴族に金を貸しているとも聞いてますね。いまや、皇女殿下の母上である第二妃のご実家の大伯爵家より、資産家らしいです」

金貸しなんて古来から恨みの対象になるのに、生活に困るはずのない皇族がなぜそんな真似をしているのか。興味深い、とアンジェリカはいまの話を胸に刻む。

「国のうわさにおくわしいんでございますのね、騎士さまは」

「いや、そんなことは。先ほど姫君がおっしゃってた日刊マグナフォートを母……侍女長が購読してるんです。皇子宮出入りの商人に頼んで週に一度まとめて持ち込んでもらって。それを、おれもたまに読んでるだけです」

照れたようにティモシーは頭をかく。

アンジェリカは唇の端で笑んだ。記者として雇われて、いや、雇わせたから、自分も記事を載せる。それに彼も目を通すかと思うと、面白くなる。

「お母さまならほかにも色々とご存じのようでございますわね。お話をおうかがいしたく思いますわ。お茶会の支度もございますし、よろしくお伝えくださいませ」

はい、としゃちほこばって答える騎士をあとに、アンジェリカは歩き出す。

忍ばなければ外に出られない軟禁状態だが、招待されての茶会とあれば堂々と外出できる。高揚に足取りが軽くなった。

「……ずいぶん、熱心に目を通されているんですね」

メルから届けられた新聞を読みふけるエイベルに、ティモシーが声をかける。

「おまえはたまに読むらしいが、この号は読んだか」

「いえ、今回は姫君の侍女どのから届けられたのを殿下にお渡ししたのみです」

来い、というようにエイベルが目線で示すのでティモシーは歩み寄る。

「『スラム出の王女、第一皇子を籠絡する』……なんだって？」

差し出された新聞を目にして、ティモシーは声を上げた。

「いくつもの縁組を破談にしてきた氷皇子ことエイベル皇子。それがいまや、野蛮で下賤な生まれ育ちの庶子姫に手玉に取られていうなり……。そんな、アンジェリカ姫君はほがらかでお優しいお方です。どこからこんな事実無根なうわさが！」

横からエイベルが手を伸ばし、人差し指でとある箇所をとんとん、と叩く。

そこに記載された記者名は〝ジェリ〟。

きょとんとするティモシーに、エイベルはそっけなく答える。

「これは釣り記事だ。投資のために世情に敏感なミルドレッドの興味を引いて、僕たちを社交界に引っ張り出させたわけだ」

「え……っと、つまりその、皇女殿下を狙った記事だった、と？」

「ミルドレッド目当てかはわからない。だが〝彼女〟が民衆のあいだで騒ぎになるほど注目されれば、貴族らも皇室も黙ってはいないはずだ」

エイベルの口元に、小さな笑みがよぎる。

「彼女が茶会でなにをしでかすか、興味が湧いてきた」

「それはいいですね！」

なに、とエイベルが眉をひそめて見上げると、忠実な騎士は自身の金髪のような明るい笑みを主君に向ける。

「殿下が姫との会話を楽しんでおられてよかったと思ってました。ずっと打ち沈んで過ごしていた殿下が、どなたかに関心を向けられるのは、おれも嬉しいです」

「……馬鹿な」

苦々しくエイベルは吐き捨てるが、ティモシーはにっこりと笑いかける。

「母が、張り切っておふたりの支度を整えると申しております。久々の社交の場、どうぞ殿下も楽しんできてください」

◆

茶会、というからにはやはり相応の装いが必要。

上流階級の作法に疎いアンジェリカでもそれくらいは察しがつく。ましてや相手はエイベルの姉で皇族。それなりの格好でなければエイベルの面子（メンツ）にもかかわる。

どんな世界にも暗黙のルールがある。スラムでもおなじだ。

ここから先は踏み込んではいけないとか、ゴミ拾いも元締めの了解がなければ叩き出されるとか。だからきっと、皇国の社交界でも面倒な作法があるはず。

傍若無人なアンジェリカだが、無知からの無礼でせっかくの機会をぶち壊したいわけではない。今回の茶会の目的は、社交界に伝手を作り、エイベルの味方を増やすこと。だから少々の堅苦しさには我慢するつもり。……あくまで〝少々〟だが。

「皇子宮に割り当てられた予算は、姫君の輿入れにともない微増いただきました」

アンジェリカの私室で、侍従長はうやうやしく一礼する。

「とはいえ本当に微増でして申し訳ございませんが、その範囲内で急ぎ、姫君のお支度を整えさせていただきます」

「むろんでございますわ。侍女長もメルも手伝ってくれますし」

「ええ、お任せくださいませ。久々に腕をふるわせていただきます」

「はい、わたしも勉強のためにがんばります」

侍女長であるティモシーの母と、侍女のメルが意気込んで答える。

侍従長も侍女長も、どちらも〝長〟と呼んでいるが、皇子宮に勤めるエイベル付きの侍従と侍女はこのふたりのみで、あくまで名前だけ。それでも熟練の手際から見るに彼らはすこぶる有能で、数が少なくても充分だ。

初日に粗野な振る舞いを見せたアンジェリカにも、彼らは「殿下のお命を助けてくださった」と心酔してくれている。グリゴリ伍長の離反は残念だが、このふたりと騎士のティモシーの信頼を得たなら現時点では充分だ。

「とはいえ、予算内であれば……ドレスは三着、せいぜい五着が限度かと」

「は？　さ、三着？　いえ、五着⁉」

侍従長の言葉に思わずアンジェリカは腰を浮かせる。

「待ってくださいませ。三着も五着も、わたくしはひとりでございますわよ」

「五着でも少のうございます。第一皇子の妃殿下となる方であれば、一回の茶会に予備を含めて最低でも十着以上は必要でございます」

頭がくらくらした。

ノルグレンで着ていたのは死なない程度のわずかな衣類。ここでもよそいきといえば初日の会食用のドレスしかなく、手持ちの路銀もわずかだったアンジェリカにとって、一着以上は〝たくさん〟の単位になってしまう。

「これ以外にもお靴にお下履き、身に着ける装飾品やお花、お土産代にも予算を割かなくてはなりません。とても足りないかと存じます」

「はあ……さようで、ございますですのね」

目まいがして、アンジェリカはどさりと椅子に腰を落とす。

ふと不安になった。他国の財政状況に口を挟むのもなんだが、皇国はさほどに豊かなのか。それとも皇族がどんなに贅沢しても揺るがないくらい、マグナイト資源で潤っているというわけか。新聞社のある下町の様子を思い返す。

路肩の敷石（しきいし）は剝がれ、家々の壁もぼろぼろだった。下水道のいやな臭いも気になる。手入れや整備がおろそかになっているのは確実。人々の服装も、老若男女問わず着古して肘や膝に継ぎあてしていた。贅沢からはほど遠い。

下町とはいえ皇都の一部。それなのに住まう人々には余裕がなく、設備が目に見えて老朽化しているなんて。

そういえば、とアンジェリカは思い返す。

皇都に入る前に見たが、城壁の外には物乞いが多く集まっていた。

ノルグレンでも似たような光景はあるのでさして違和感はなかったが、皇子宮で受ける厚待遇からすれば、貧民の多さはやはりおかしい……。

「父さん、母さん！」

ティモシーの声が響き、ドアが激しく叩かれた。騎士の父である侍従長が、ふう、と白髭を震わせて吐息すると、優雅な動きでドアを開ける。

「騒がしいぞ、護衛騎士どの。なにか火急の事態ですか」

「父さん……じゃない、失礼しました、侍従長どの」

職場ということで、ティモシーはあわてて他人行儀な態度を取り繕う。

「その、いまこの宮の門前に多くの馬車が寄せられまして」

アンジェリカは一瞬身構える。まさか、なにかエイベルの身に危険が……？　だがそれは、エイベルでなくアンジェリカにとって火急の事態だった。

「ミルドレッド殿下より遣わされた商人たちです。エイベル殿下とアンジェリカ姫のために、茶会の衣装を届けにきた、と」

会食用の広間に、ずらりと美しい衣装が並べられる。持ち込まれた衣装は数が多く、廊下にまであふれていた。どれもこれも目がくらむばかりに美麗である。

「いかがでございましょう。自慢の品をそろえさせていただきました」

ミルドレッド皇女から遣わされたという商人は、自慢げに衣装を指し示す。はあ、と嘆息してアンジェリカは衣装を見回した。

繊細な刺繍や華やかなレース、美しく裾を引き華麗にふくらみ、艶やかなビジューを飾った贅沢な衣装。良し悪しもわからず、ただただ圧倒されるばかり。

「姫君と皇子殿下には充分なご衣裳かと」

商人は愛想よく笑い、おもねるようにいった。

「……見くびられたな」

ぼう然としていると、すぐ隣でエイベルのそっけない声がした。目を向ければ冷ややかな横顔がある。今日も美しく凍てつく氷の湖のよう。

しかし、どことなく不機嫌に見えた。ともに過ごして日は浅く、顔を合わせたのも数えるほどだが、彼がこの事態を面白くないと考えているのは伝わってくる。

「侮られているのは、もちろんわかりましてですわよ」

きらびやかな衣装の森を見回しつつ、アンジェリカはささやき返す。

「わたくしと殿下には充分、ですって！」

「こちらの予算が足りないのを知っているのだな。……商人ふぜいが」

「そういう、ひとを見下す発言は好きではございませんわ。なにより」

アンジェリカはきらりと瞳を光らせる。

「見くびっているのは商人だけじゃございませんでしょ」

「……たしかにな」

エイベルの氷の面に、ふと感情のさざ波が見えた——気がした。

「もしや、あちらの鼻を明かす手でもあるのか」

よっしゃ！　とアンジェリカはこっそり体の陰でこぶしを握る。

「殿下がわたくしを信頼していただけるなら、なくもございませんわ」

高揚する気持ちを抑え、あくまで澄ましてアンジェリカは答えた。

◆

マグナフォート皇国第一皇女ミルドレッドの皇女宮は、皇宮の敷地内でも一段高い場所にあった。これは、皇帝と皇后の住まいに次ぐ位置である。

　皇位継承権がないのにこの破格の扱いは、ミルドレッド皇女の母方の家で、皇女の叔父が当主であるベリロスター大公爵家ゆえ。

　ベリロスター家は、皇族と祖をおなじくする由緒正しい血筋。その領地には鉄鉱山や金鉱、数々の宝石鉱山を抱え、唯一マグナフォート鉱山だけがないといわれるほどに資源豊かな土地だ。ミルドレッドは亡き祖父から受け継いだ資産をさらに投資で増やし、年々ふくれ上がる皇室費をも援助しているという話である。

「……という、かなりのやり手でございますのね、ミルドレッド皇女殿下は」

　窓にカーテンを下ろし、なかの見えない馬車でアンジェリカが口を開く。いまの話は事前に侍女長から聞いた話だ。

「ああ、皇族とは思えない吝嗇（りんしょく）ぶりだ」

　エイベルの吐息がカーテンのうちより聞こえる。

「吝嗇とはなかなかのお言葉。皇女殿下と仲はよろしくないんですの？」

「苦手なタイプというだけだ」

　そっけない言葉が馬車のなかに響く。

　馬車は皇宮の敷地の整備された道路をゆるやかに進む。やがてきらびやかな門とその奥の宮殿が見えてきた。エイベルの皇子宮より三倍はありそうだ。

「そろそろ皇女宮でございますですわね」

「本当に茶会に参加するんだな。手助けはしないぞ」

「もちろん。ご心配なくってでございますわよ」

重いカーテンを通してふたりの会話が響く。

「せっかくのお招きですもの。張り切ってまいりますですわ！」

「皇女殿下。エイベルご夫妻の馬車が間もなく到着とのこと」

花々をあふれるほどに飾ったテーブルの前で、侍従が一礼する。

ここに集うのは着飾った貴族の令嬢たち。

みな若く、美しく、着ているドレスはいま皇国でもっとも流行りのデザイン。大仰にスカートをふくらませるのでなく、シンプルで体の線を際立たせる形だ。派手さより趣味のよさが優先で、高い生地を使い、羽織るガウンの裏地に凝り、ブローチやネックレス、髪飾りの意匠で華やかに見せるスタイル。

花々が咲き誇るような令嬢たちのなかで、ひときわ目を惹く美姫がいる。

最上のレースを使った上品なドレス、華奢な肩へ流れて輝く栗色の髪、あでやかな紅い唇に、見るものを魅了する魔性の緑の瞳……。

彼女こそが、ミルドレッド・ディ・ベリロスター・マグナフォート。

エイベルの姉で皇国の第一皇女であり、この茶会を主催した主人である。

「いよいよ、アンジェリカ姫のご到着ですわね」「どのような方かしら」

「皇女殿下がご招待なさったのでしょう」

みなはさんざめき、ミルドレッドは愛らしいえくぼで優雅な笑みを見せる。

「ええ、大変に興味深い方とうかがって」

短い言葉でミルドレッドが答えれば、いっそう令嬢たちはおしゃべりになる。

「エイベル殿下がたいそう入れ込んでいらっしゃるとか」「うかがいましたわ。まさかあの〝氷の君〟のお心を溶かす方がいるとは……」

ミルドレッドは鷹揚な笑みでみなの会話に加わる。彼女の緑の瞳は好奇心と期待、そしてどこか、なにかを企むようなきらめきに満ちていた。

そのとき、門の方角からかすかなざわめきが聞こえた。

何人かの令嬢が耳ざとく気づいて振り返る。育ちのいい彼女たちのこと、決して露わな感情は見せないが、そわ……っと空気が浮足立つ。

そこへ高らかな呼び声が響いた。

「エイベル第一皇子殿下、アンジェリカ姫、ご到着にございます」

控えていた使用人や護衛の騎士たちが、自分の職務を忘れて一斉に門の方角を見やる。令嬢たちはひそやかな笑みをかわし、ミルドレッドに目線を送る。

高貴な第一皇女は悠然とした態度で、お茶のカップを手にほほ笑み返した。

そこへ執事に先導されて、ふたり組が庭園の小道を歩いてくる。みなはミルドレッドにならい、落ち着いて待ちかまえた。――だが。

「わたくしがアンジェリカでございます」

テーブルの前に立ったアンジェリカに、姫たちのあいだに驚きが走る。

「皇女殿下、新参のわたくしをお招きくださって感謝いたしますですわ」

なんとアンジェリカは、皇国スタイルの男性の狩猟服。しかも、身の丈の半分はありそうな大きな牙を肩にかつぐように抱えている。

呆気にとられる令嬢たちの前で、彼女は腰に手を当て優雅にほほ笑んだ。

第四章　張り合ったわたくしが、愚かでした

貴族の令嬢たちは我を忘れて口を開けてアンジェリカを見つめた。

伴侶予定の皇子を差し置いてまず名乗る不作法、その上この場に不似合いな男装と、粗野と映っても当然の態度と格好だ。

だが、アンジェリカの華やかな美貌と、肩に流れる見事な赤毛、細身で完璧なスタイルに、不快よりも先に目を奪われてしまう。

「姉上のお招きに感謝する」

そこへ、エイベルが進み出る。ほう……と令嬢たちは思わず吐息した。

型破りなアンジェリカに比べ、エイベルは黒がベースに金の刺繍のゆるやかなガウン様の衣装。上品な準正装で、茶会という場にふさわしいデザインだ。長身を引き立て、冷然たる美貌にもよく似合う。

「皇女殿下にふさわしい贈り物が思いつきませんでしたので」

アンジェリカは、かついでいた大きな牙を差し出す。

「ノルグレンの銀雪象(ぎんせつぞう)の牙でございますわ。お納めくださいませ」

牙は美しい彫刻をほどこされていたが、先端は鋭く上向いて獰猛だ。令嬢たちは思わず息を呑み、ミルドレッドも驚きに目をみはる。

ひるむ姫たちにかまわず、アンジェリカは澄まし顔で語った。

「銀雪象は死期を悟ると雪深い山奥に身を隠しますの。その屍を探し当てるのは困難を極めますのですわ。ですから、とても貴重な品でございますですのよ」

「まあ……それは素晴らしい贈り物ね。感謝するわ」

ミルドレッドが驚きを収めて礼を述べると、すかさず控えていた使用人たちがアンジェリカの手から牙を受け取った。

執事に案内され、優雅な仕草でエイベルはテーブルに腰を下ろし、アンジェリカはなんとかぎこちなさを隠して椅子につく。

「ようこそ、妃殿下。おうわさは皇宮にまで届いていてよ」

ミルドレッドがにこやかにいうと、エイベルに緑の瞳を向ける。

「妃殿下とお話ししてもかまわないわね、エイベル」

「好きにしろ。今日の僕はただの添え物だ。それと……」

エイベルは限りなくそっけなく答える。

「まだ正式に式は挙げていない。妃殿下はやめろ」

「そうだったわね。それではアンジェリカ姫」

執事がカップに茶をそそいだのを見計らい、ミルドレッドは緑の瞳を向ける。

「皇国はいかが。ノルグレンと違って温暖で過ごしにくいのではなくて？」

ミルドレッドの言葉に、令嬢たちが一斉にさんざめく。

「北国は長く雪に閉じ込められるとうかがいましたわ」「他国の文化もなかなか入ってこないそうですわね」「そのご衣裳も、ノルグレンのお国ぶりかしら」

アンジェリカはにっこり笑いつつ、胸の内でもやっとする。つまりは田舎者というわけ。さすが歴史ある皇国の令嬢たち、嫌味の言葉選びもまろやかだ。

「今日の装いは、皇女殿下よりいただいたものでございますですわ」

アンジェリカは真向かいに座るミルドレッドにほほ笑みを向ける。

「素晴らしい衣装ばかりで、皇女殿下はお目が高いと感心いたしましたですのよ。ご厚情に深く感謝しておりますですわ」

「ささやかな贈り物よ。それは狩りの衣装ね。アンジェリカ姫は狩りもお得意なのかしら。もしやあの牙、ご自分で？」

「さすがに違いますですわ。狩りもたしなみ程度でございますもの」

表面上はにこやかな腹の探り合いをふたりは会話をつづける。

「姫さまのお言葉遣い、よい響きですわね」「ほんと、素敵なお話し方」「皇国では聞けない異国情緒がありますもの」

令嬢たちのくすくす笑いに、こいつ、とアンジェリカは胸の内で悪態をつく。下手に丁寧な言葉遣いにしようとしておかしくなるのは、よくわかっている。露骨に指摘されても腹が立つが、褒めているようでけなされているのも腹立たしい。

「ねえ、みなさま。姫さまの狩りの腕前、ぜひ拝見したく思いませんこと」

ミルドレッドの隣に座る令嬢が声を上げる。位置からしておそらく皇女のお気に入りなのだろう。その意を汲むのも得意と見えた。

「そんな、お見せするほどのことではございませんですわよ」

顔が引きつるようにアンジェリカは笑うが、令嬢はたおやかに笑い返す。

「皇女殿下の宮殿の敷地に、専用の狩場の森がありますの。柵で囲ってありますけれど、多くの獣が放たれているのですわ」

敷地に狩場？　いくら第一皇女とはいえ、いくらなんでも広すぎるのではないか。しかも獣が放たれているって……。

「そうね。いかがかしら、エイベル」

ミルドレッドが、ずっと沈黙している皇子に麗しい緑の瞳を送る。

「あなたの未来の妃殿下をお借りしてもよろしくて」

「なぜ、僕に許可を取る」

「挙式はまだとはいえ、あなたの配偶者の方だもの」

「彼女は僕の所有物じゃない」

強い口調でエイベルは答える。ふだんの冷ややかさとは打って変わった激しい熱を感じる声に、アンジェリカは驚く。こんな苛烈さを彼は隠し持っているのか。

──彼女は僕の所有物じゃない。

いまの彼の言葉を、アンジェリカは脳内でくり返す。

（わたしを手駒としか見ないオリガ女王なら、そんなこと絶対にいわない）

ミルドレッドの隣に座るべつの令嬢が、とりなすように声を上げた。

「では、ご本人が受けてくだされればよろしいのですわよね。いかがかしら、アンジェリカ姫さま。わたくしたちに狩りの腕前を見せていただけません？」

場の目線がアンジェリカに集まった。

アンジェリカはお茶のカップを前に考える。これが新参のよそ者をからかい、試す目的なのはあからさま。古い体質のテリトリーに踏み込む目障りな異分子は、徹底的に排除するか、骨抜きにして取り込むかだ。

排除されてはこちらの目論見がつぶされる。といって骨抜きになどされてたまるか。

アンジェリカはこっそり胸の内で牙を剝く。

「それでしたら、皇女殿下の腕前もぜひ見せていただきたいでございますわ」

あら、と困ったようにミルドレッドは小首をかしげる。

「残念だけれど、狩りは見るだけなのよ」

「狩りではございませんわ。わたくし、殿下のうわさも聞き及んでおりますの。……投資には、たいそうな腕前だそうでございますわよね。その腕で」

アンジェリカは、鋭いまなざしで突きつける。

「皇子殿下のお力になっていただきたいのでございますの」

意表をつかれたか、ミルドレッドは大きく瞬いた。

「——姫ご自身ではなく？」

「新参のわたくしより、皇子殿下のほうが投資がいがあると思いますの」

ふたりはまた、測るようなまなざしでお互いを見つめ合う。ややあって、ミルドレッドは執事に目線を送りながら口を開いた。

「狩場には、さまざまな獲物を放っているわ。赤ウサギ、青鹿、金狐……なかでも、この南の地方にしか生息しない牙猪は、牙が素晴らしいの」

きらりと、緑色の瞳が妖しく光る。

「贈り物の銀雪象の牙と並べて、皇女宮の玄関口に飾りたく思いますわ」

「やめろ、ミルドレッド」

エイベルが鋭い声でいった。

「やり過ぎだ。牙猪は小型でも狩人を殺しかねない」

「あら、あなたの所有物でないのなら、受けるも受けないも姫の一存よ」

エイベルの抗議をしりぞけ、ミルドレッドは美しい瞳を向ける。

「いかが、ノルグレンの姫。わたくしたちにあなたの腕前を見せていただける？　見事あなたがその腕を披露してくださるなら……」

といって皇女は語尾を濁す。アンジェリカは挑むように紅い瞳を輝かせた。

「それでは、この場でたしかに約束していただけますですかしら。わたくしの頼みを、間違いなく聞いてくださると」

「そうね、よろしくてよ」

「この場のみなさまが証人ということでございますわね。では、受けますわ」

アンジェリカの言葉に、令嬢たちも使用人たちも驚きの目で注目する。

「素晴らしいわ、アンジェリカ姫」「さすが勇猛で鳴らすノルグレンの姫！」

令嬢らは煽るように口々に賞賛し、エイベルだけが険しい顔になる。ミルドレッドは蕩(とろ)ける笑みでアンジェリカに告げる。

「武器はお貸しするわ。ご希望のものをどうぞ」

「武器だけでございますの？　勢子(せこ)や猟犬は？」

「用意がないの。でも餌を与えているので、さほど凶暴ではないはずよ」

澄まし顔のミルドレッドに、腹黒！　とアンジェリカは胸のうちで毒づく。

「わかりましてでございますわ。それでは武器を貸していただけますかしら」

やってやろうじゃないの、と闘志を燃やしてアンジェリカは腰を上げると、挑発的な笑みでその場の令嬢たちを見回した。

「皇女殿下の玄関を雄々しく飾ってさしあげますですでございますわよ！」

「……うわさ通り、型にはまらぬ姫君ですな」

ふいに穏やかな声が割って入った。一同が振り返ると、どっしりした体を狩猟服に包んだ貫禄(かんろく)ある中年男性が、兵士たちを従えて歩んでくる。

一見して身分ある人物。だれだろう、と思ったとき、ずっと澄まし返っていたミルドレッドが一変、驚きもあらわに声を上げた。

「ローガン叔父さま!?　ご招待していないのに、なぜここへ」

◆

「まさか、ローガン大公爵まで現れるとはな」

執事の先導で狩場の森へ歩みながら、エイベルが険しい顔でつぶやく。そんな彼の横顔を見つつ、アンジェリカはつぶやく。

「あまり空気を読むのがお上手な方ではございませんようね」

兵士を従えての登場で、華やかな茶会の場は堅苦しい空気になった。ミルドレッドは笑みを絶やさなかったが、アンジェリカの目にはどこかよそよそしく映った。実の叔父なのに、嫌っているのかと邪推したくなる。

「皇女殿下の叔父上だそうですけど、エイベル殿下ともご姻戚になりますの」

「皇女の母方の血縁だ。僕と血のつながりはない……いや」

そういえば、エイベルとミルドレッドとは腹違いの姉弟だったと思い出していたとき、エイベルがいい直した。

「前の結婚相手のうちのひとりが、彼の血縁だった」

おや、とアンジェリカは片方の眉を上げる。

「だから危うく姻戚になるところだった。そうならなくて幸いだったが」

「その口ぶり、大公爵をよくは思ってらっしゃらないようですわね。なのに、どうして結婚なんて受けたんでございますの」

「政務大臣も務める皇国の重鎮だ」

エイベルの返答は短かった。つまり、そんな権力者からの縁組なら断り切れなかったということか。しかし、権力を気にするような性質には思えないのに。

アンジェリカがさらに問いただす前に、エイベルはすぐに話題を変えた。

「それよりも勝算はあるのか。いくら君が狩りの経験があるとはいえ」

「実は、狩りをしたことはございませんの」

とんでもない告白に、なんだと！　とエイベルがアンジェリカを凝視する。

「本で読んだ知識と、熟練の狩人から聞いた話のみでございますわ」

「知識だけであのはったりか。馬鹿な！」

吐き捨てるエイベルに、アンジェリカは淡々と返す。

「こちらにはなにもございませんでしょ。ですけれど、どうしても要求したいことがある。であれば、賭けられるものは賭けなくてはなりませんですわよ」

「僕のためといったな。なぜそこまでする」

ふたりは一瞬、足を止めてお互いを見つめ合う。

「誤解なさらないでくださいませ。わたくし自身のためでございますわよ。あなたを自由にすることが、わたくしの自由につながるのですもの。……ですけれど」

凛としたまなざしで、アンジェリカは告げた。

「閉じ込められて、だれかの意のままになるしかない悔しさは、わかりますわ。ノルグレンの王城で、わたくしはそんな扱いだったのですもの」

エイベルは息を呑み、アンジェリカの凛々しいまなざしを見返す。

ややあって、エイベルは唇を引き結んで目を落とした。

そんなふたりの後方では、使用人によってテントが張られ、テーブルと椅子が置かれていた。ほかのドレスに着替えた令嬢たちが腰を下ろし、茶菓子が運ばれ、並んだカップにふたたびお茶がそそがれる。

そこだけ見れば優雅なピクニックだ。アンジェリカの狩りも、身分高いものたちにとってはただの茶会の見世物というわけだ。

むろん、政務大臣である大公爵も姫君たちの輪に加わっている。その背後には、いかめしい佇まいの兵士たち。艶やかな花園に不穏な獣が紛れ込んだよう。

「あれだけ兵士がいるなら、勢子も務まるだろうに」

後方の物見遊山組を冷たく一瞥(いちべつ)すると、エイベルはアンジェリカに尋ねる。

「引き返すならいまだぞ」

「ご安心を。命をむざむざ捨てる真似はいたしませんわよ。それでは」

背負った矢筒を揺すり上げ、腰のこん棒とナイフを確かめて、アンジェリカは弓を握って歩き出す。狩場の門が開かれ、うっそうと茂る森へと足を踏み入れる。

それを見送り、エイベルは茶会の席へ戻った。

「久方ぶりですな、殿下。六年前、皇宮でお会いして以来です」

腰を下ろすと、対面に座る大公爵たるローガンが悠々たる態度で口を開く。

六十間近、政務大臣も務める彼は確たる地位と家系に盤石の余裕をまとっている。

自分が揺らぐことなど毛ほども考えていない手合いの人間だ。

「殿下はまだ十二歳でした。そう……あの〝悲劇〟が起こる前でしたな」

場の空気が凍る。にこやかだった令嬢たちの顔がこわばった。

エイベルの〝母殺し〟の件を指しているのは明白だ。当のエイベルはまったく顔色も変えず、ただ静かにカップを傾けて茶を一口飲む。

「ローガン叔父さま。茶会にふさわしくない話題はおやめになってくださる？」

ミルドレッドがにこやかに、しかし棘(とげ)を含む口調で口を挟んだ。

「お招きしてもいないのに、大仰なお供を連れて女性ばかりの茶会にいらしたあげく、わたくしのお客さまに失礼なことをおっしゃるなんて」

「殿下も男性だが、よいのですかね」

「この地にいらして間もないアンジェリカ姫君だけでは、心もとないでしょう」

ミルドレッドの言葉に、大公爵は愉快そうなまなざしをエイベルに向ける。

「なんと愛妻家だ。何人もの花嫁を追い出したお方とはとても思えませんな」

「破談は三人だけだ。それも向こうから出ていった」

エイベルは冷たく固い声で答える。大公爵はふん、と鼻を鳴らした。

「寝室をともにしないどころか、触れもしなかったそうですが」

ミルドレッドがやんわりとたしなめる。

「いやですわ、叔父さま。未婚の令嬢ばかりの席で明け透けよ。そんなお話をしにお茶会にいらしたの」

「いや、実は病床の陛下を見舞った帰りです。皇后陛下ともお話をしてきた」

ローガンは意味ありげにエイベルを見やる。

「ノルグレンとの縁組は、陛下のご意向を受けて皇后陛下が進めたもの。貴族たちの反対を押し切ってね。……しかし、陛下のご容態は芳しくない」

茶を一口すすり、もったいぶって間を置いてから、大公爵はいった。

「私がいるあいだ、皇帝陛下は寝台で一度も目を開けなかった。あの容態で、どうやって皇后陛下は、そのご意向を汲んだのでしょうね？」

場が静まり返る。令嬢たちは息を呑み、ミルドレッドは美しい眉を吊り上げる。エイベルは沈黙のなか、鋭い声で返した。

「貴殿は、皇室への不敬を働くつもりか」

「まさか。我がベリロスター家が代々皇室派なのはご存じでしょう。あくまで私は、陛下と国の行方をご心配申し上げているだけです。皇女殿下、貴女が皇后陛下のお気に入りなのは存じています。しかし、あまり深入りはなさいませんよう」

カップを置き、大公爵は意味深な口調で告げた。

「……貴族派に、足をすくわれないためにもね」

「いやなこと、殿方はすぐ政治の話をするのね」

眉をひそめるミルドレッドに大公爵は口元にしわを寄せて笑った。

「投資に長(た)けた殿下のお言葉とは思えませんな。経済と政治は密接な関係にある。まさか情勢を無視なさっているわけではありますまい？」

そういうと、大公爵はエイベルに老獪(ろうかい)な笑みを向けた。

「エイベル殿下、心してください。女性は権力を持たない分、裏で結託して謀(はかりごと)をする。殿下を籠絡した偉丈夫な奥方も、貴方を裏切る企みに加担するやもしれませんぞ」

「ええっと……餌場はあちらの方角、か」

そのころ、アンジェリカは木々のあいだに身をひそめていた。

事前に借りた地図を広げ、ざっと目を通すと、ジャケットの内に戻す。地図からすれば、狩場はさほど広くはなくほぼ平地で、それほど複雑ではなかった。

「まさか、狩りをするなんてね」

皇子宮での厚待遇と、先ほどの花々で飾られたあでやかな茶会の場を思い返し、アンジェリカは苦笑する。こんな薄暗い森とは雲泥の差だ。

しかし、果たして無事に狩れるだろうか。戦闘訓練は受け、武器はひととおり扱える。スラムでは何度もその腕で危機を乗り越えてきた。だが知識はあっても狩り自体は未経験。人間の思考の通じない獣と、どう戦えばいいのか。

アンジェリカは静かに下生えを踏みつけ、弓を握り締めて進む。

矢には神経毒が塗られ、当たれば動きを止めることができるが、効き目が出るまで時間がかかる。追いつめられれば、獣はきっと思いもかけない動きをするはず。

毒で弱っても、こちらの読みが通らないならばいっそう危険だ。

(狩人は、足跡や糞で獲物の居場所や行動範囲を知るそうだけど……)

餌場があるなら、そこにたむろしている可能性は大だ。まずはそこを目指す。

木々で視界は悪く薄暗い。いつ物陰から危険な獣が飛び出してくるか、緊張が抜けない。勢子がいれば、狩人の近くまで獣を追い立ててくれるのに。

冷たい汗がシャツの下で肌を流れ落ちる。気持ち悪さをこらえ、アンジェリカは耳をそばだて目を凝らし、気配を全身で探る。

「……っ!」

はっと足を止めた。少し開けた地面にいくつかの獣の足跡があるのを見つけたのだ。よくよく見なければくぼみとしか思えない跡だけれど。

餌場は間近のはず。だが耳を澄ましても鳴き声どころか、気配も感じられない。

頭上を仰ぐと、よく茂った梢が目に入った。はたとひらめき、アンジェリカは弓を背負って跳躍、幹に飛びつきするすると登った。

梢に身をひそめ、矢を抜いてつがえる。

不安定な足場だが、小さな泉のそばにある餌場が見下ろせた。おりしも青みを帯びた黒い毛並みの青鹿の親子が、飼い葉桶に頭を入れて餌を食べている。

アンジェリカはわずかに肩の力をゆるめる。青鹿なら逃げ足は速いが性質は穏やか。こちらが仕掛けなければ危険はない。

だがそのとき、青鹿の親子がぱっと頭を跳ね上げ、跳躍して木立のなかへ逃げていく。目をやれば、反対側の木立から獣が歩んでくるのが見えた。

鋭く長い牙に焦げ茶の剛毛、ずんぐりした体に金色の瞳——牙猪だ。

大きさは中型か。青年期手前の血気盛んな頃合いのようだ。

アンジェリカは身をこわばらせる。頭のなかで、祖父の知り合いの猟師から聞いた話や、本から得た知識を必死に手繰り寄せる。

草食だが凶暴な性質。実のなる木に体当たりして木の実を落として食べるが、あまりの突進のすさまじさに幹を倒すことがある。深い森には背丈が人間の二倍、幅は三倍以上にもなる牙猪が生息しているらしい。

その威容に様々な伝承で英雄の敵となった獣……つまりは、手強(てごわ)い相手。

アンジェリカは息を呑み、矢をつがえて茂る葉のあいだから目を凝らす。

牙猪は飼い葉桶に牙の生えた鼻づらを突っ込み、餌の残りを探っている。だが先の青鹿の親子が漁って残りはわずからしい。牙猪は苛立(いらだ)って前脚で地面をかいたかと思うと、飼い葉桶を牙で激しく突き飛ばす。大きな音で桶は揺れて倒れた。

距離よし、風もない。機を逃さず、アンジェリカは矢を放った。

一本目は外れ、獲物の後方の地面に突き刺さる。幸い気付かれなかったが、悔しさに唇を嚙んですぐに二本目をつがえる。

いつ動くかもわからない的だ。弓を斜めにかまえ、視界を確保。牙猪はいまだ苛立ちを飼い葉桶にぶつけている。哀れな桶は鞠(まり)のようにはずんでいた。

いまだ、とアンジェリカは矢を放つ。

見事、牙猪の尻に矢は突き立った。痛々しい獣の悲鳴が森に響き渡る。即座に二本目を撃ち放った。今度は背中に刺さるが牙猪は暴れ、いきなりアンジェリカが隠れる木を目がけて走り出した。

危険だ、と素早く察してアンジェリカは梢から飛び降りようとする。

だがすさまじい速度で牙猪は木に突進した。

「あっ!」

梢まで揺らす激しい衝撃にたまらずアンジェリカは落下しかける。とっさに枝をつかみ体勢を立て直して着地、地面に叩きつけられるのは避けた。

だが痛みに我を忘れた牙猪がすかさず突進してくる。危うく飛び退るが再び獣はアンジェリカに向き直り、しゃにむに突撃してきた。

アンジェリカはこん棒を引き抜いて握る。土煙を上げて獣が肉薄する。すかさず体をひねって避け、通り過ぎるすさまじい風圧目がけて勢いよくこん棒を振り下ろす。毛皮で剣のダメージは通りづらい。弱らせるには打撲が最適だ。激しい一打に獣の足がわずかに揺らいだ。アンジェリカはこん棒を手に体勢を立て直す。

ふいに脇腹に、鋭く焼ける痛みを感じた。

目を落とせば、ベストが裂かれて血がにじんでいる。赤黒い色に、思わずアンジェリカは息を呑んだ。いまの通りすがりにやられたのか。かすめただけで切り傷を加えられるなら、突進をもろに受けたら間違いなく大怪我(おおけが)だけでは済まない。

いつ、矢の毒が効くのか。アンジェリカは流れる冷や汗を意識する。

牙猪は足を踏みしめ、三度こちらへ牙を向けた。森の梢から落ちる陽光に、鋭い切っ先が鋭く光る。人間などものともしないというように。

こちらはひとり、しかも傷を負っている。どこまでやれるか。

恐れ知らずのアンジェリカも、我知らず息を呑む——。

そのときだった。

突如、空気を震わせる甲高い音とともに矢が飛来した。鏑矢(かぶらや)だ。殺傷能力はないが高い音は注意を引く。矢は次々に飛来し、獣の周囲の地面に刺さって足止めした。

いまだ、とアンジェリカは跳躍し、こん棒を振りかぶる。

渾身の一撃が獲物の脳天に喰らわされた。牙猪は大きくふらつく。

獣は口から泡を吹いて倒れかかる。だがそれでも足を踏ん張り、前脚で地をかいて向かってこようとする。アンジェリカは二打目を放とうとして――足を止めた。

「なぜ、ひるむ」

後方から冷ややかな声が飛んだ。はっと肩越しに見やれば、木立のあいだから矢筒を背負い、弓を手にしたエイベルが歩んでくる。

「殿下、なぜここに⁉」

「とどめを。あと一撃でその獲物は君のものになる」

問いかけに答えず、エイベルは冷徹にいった。アンジェリカはこん棒を握り締め、唇を引き結んで獣を振り返る。

牙猪は剛毛に包まれた背中を上下させ、泡を吹きつつも金の瞳でアンジェリカを見据えている。伝承にも謳われる生き物は、こんなに傷ついていても歯向かおうとするのだ。その意志の強さに、闘志の火が消えていく。

「この獣は弱っていますわ。……追い打ちをかけなくても」

「弱っているのは毒のためだ。抜ければまた襲ってくる。早くとどめを」

耳を打つ冷徹な言葉に、アンジェリカはこぶしを握る。その目の前で、牙猪はついに脚を折り、どうと地響きを上げて地面に倒れた。

泡を吹いて震えているが、エイベルの言葉どおりに毒で弱っているだけで、まだ命はあった。とどめを刺すならいまだ。腰にはナイフもある。しかし——。

「……わたくしが間違っていましたわ」

弱々しくつぶやいて、アンジェリカはこん棒を腰に納める。

「食料として血肉にするために狩るならともかく、貴族の無聊(ぶりょう)をなぐさめる遊びで狩るなんて。ムキになったわたくしが愚かでしたわ」

「馬鹿な。これをやり遂げれば君の望みに近づくんじゃないのか」

エイベルが叱りつけるように声を上げる。

「これはただの獣だぞ、人間と同等に考えるのか！」

「この獣は痛みを感じて苦しんでるの、人間とおなじに！」

激しく振り返り、強い口調でアンジェリカはいった。

「やっぱり貴族連中はいけ好かない、自分以外の存在の痛みまで娯楽なんて。生まれたときからそんな扱いだったわたしも、この獣とおなじ」

「……なんだと」

絶句するエイベルをよそに、アンジェリカは牙猪のかたわらに膝をつくとぐっと矢を引き抜き、ハンカチを当てて止血する。

エイベルは黙って見ていた。見ているしかできなかったのかもしれない。

手当てを終えて、アンジェリカは立ち上がって背を向ける。

「貴方を自由にするならべつのやり方を考える、ごめんなさい」

「！　待て、君は怪我をしているのか⁉」

らしくなく焦る声が呼び止めるが、アンジェリカは言葉少なに返す。

「大丈夫ですわ」

「大丈夫にはとても見えない。駄目だ、手当てしてくれ、どうか頼む！」

必死の声が追いすがるが、アンジェリカは振り返らない。「アンジェリカ！」と泣きそうな声が背中を打った。まるで捨てられた子どもがすがりつくようで、ふだんの冷淡さはどこにもない。それでもアンジェリカは応えずに歩いていく。

無言で歩きつつも、罪悪感に似た想いで胸がうずく。その胸の痛みと、脇腹の灼けるような痛みに、アンジェリカは自身の短慮を責める。どんなに焦っていても、あんな挑発に乗って我を見失うような真似をするなんて……馬鹿だった。

唇を噛み、森の出口へとわき目もふらずアンジェリカは歩いていった。

帰りの馬車のなかは葬送のようだった。

アンジェリカは丁重にミルドレッドに詫びを入れ、令嬢たちのあからさまな失望と、大公爵のひそやかな嘲笑を浴びても、なにもいわずに茶会を辞してきた。エイベルはミルドレッドに引き留められ、いまだあの場に残っている。

馬車の窓に肘をつき、アンジェリカは暗い気持ちで夕暮れの皇都を眺めやる。

なにも得られなかった。エイベルに大きな口を叩いておきながらミルドレッドとも交渉できず、ただ己の愚かさを思い知ったのみ。守れたのは自分の誇りだけ。

監獄にも等しい王宮の暮らしから思いがけず厚遇を受ける生活になって、自分の好きにできると図に乗ってしまった。スラム育ちの身が、一国の皇子や皇女と渡り合えると勘違いしたのだ。この傷もそんな思い上がりの報い。

孤軍奮闘の想いがつのる。だれにも相談できず、頼れない。孤独はこんなにも、身を切るようにつらい。自分が愚かなら、なおさらに。

〝……ジェリとおれらは違う〟

スラムで、いちばん仲のよかった少年の声が思い出された。

目端の利く利発な子だった。仲間を連れて盗みを繰り返していた。

〝おまえ、頭いいし、祖父ちゃんだってすごいひとだ。だから、そうやってだれかを思いやれる余裕がある。……おれらなんかと、違う〟

アンジェリカがみんなのためにと差し出した、なけなしの小遣いや食べ物をひったくるように奪いながら、彼はひどく傷ついた顔で怒鳴った。

〝おなじごみ溜めに住んでるくせに、自分だけ偉そうな顔しやがって！〟

そのあと、少年をリーダーとしたグループは姿を消した。アンジェリカはひとり、必死になってスラムを探し回ったけれど、盗みを咎められて兵に連れていかれたという事実を突き止められただけで、彼らは二度と帰ってこなかった。

馬車の震動に、脇腹の傷がひどく痛む。

それが想い出の痛みなのか、いまの胸の痛みなのかわからないままに、アンジェリカは夕暮れのなかを走る馬車に揺られていった。

「ま、まあ、姫さま！　そのお怪我はいったい⁉」

皇子宮に戻ると、メルが青ざめて叫ぶ。侍従長と侍女長も飛んできた。

「いますぐ、手当ての準備をいたしましょう」「そのお怪我ではお湯に入れませんわね。お着替えと体を拭く支度を整えますわ」

侍従長と侍女長がてきぱきと手当てに取りかかる。

「大丈夫ですか、姫君！　エイベル殿下も、まだお戻りでないなんて」

皇子宮で待機していたティモシーもやってきて、不安げに尋ねる。

「ご安心を、殿下はお茶会の席にいらっしゃいますわ。わたくし、ひとり先に辞させていただきましたの。狩りをいたしましたので」

「か、狩り⁉　なぜ狩りなど……いや、それよりどうぞお手当てを」

狼狽しつつも、ティモシーは懸命に気を取り直して一礼する。アンジェリカはうなずき、メルに付き添われて自室に入った。

「なんて怪我を……姫さま」

血に濡れたベストとシャツを脱いで現れた傷に、メルは卒倒しそうになる。

さほど深くはないが、牙に切り裂かれた範囲は大きい。これは痛いのも仕方ないな、とアンジェリカは苦笑気味に吐息するが、メルは半泣きだった。

「どんな理由かわかりませんけど、もう、こんな恐ろしい真似はなさらないでください。姫さまになにかあれば、メルは申し訳なさで後を追います」

「馬鹿をいわないで。死ぬような怪我じゃございませんわよ」

「お湯と着替え、お薬をお持ちしましたわ」

侍女長もやってきた。自分で体は拭くというアンジェリカに、老練な彼女は断固として拒み、メルとともにてきぱきと手当てと清拭を行う。温かなお湯で汚れた体を拭かれ、痛みはまだあってもアンジェリカはすっきりとした心地になった。

「こんなお時間にお戻りでしたら、ディナーはまだなのですね」

どっと疲れが出てソファに横たわるアンジェリカに、侍女長が優しく尋ねる。

「よろしければ、かんたんにですがご用意いたします」

「けっこうですわ。侍女長さまのお手をわずらわせるなんて……」

「手などわずらっておりませんよ。姫さまがいつも旺盛に召し上がってくださるので、わたくしも作りがいがあります。傷を治すために、せめてスープだけでも」

侍女長は労わる声でいうと、一礼して部屋を辞した。それを見送り、メルが不安もあらわにアンジェリカに願う。

「どうかベッドに横になってください。お食事はメルが運びます」

「ベッドで食事なんて、お行儀悪いのでございますわ。起きて食べますわよ」

「どうかお願いします。メルを安心させてください」

メルの懇願に仕方なくベッドに横になる。まったく、これでは重病人のようだ。それでも馬車のなかの孤独を想うと、皇子宮のひとたちの優しさに胸が詰まった。

戦いは独りでも、気遣ってくれるひとはいるのだ。

（……皇子にも、ちゃんとお礼をいわなくちゃ）

きっと彼はアンジェリカを心配し、助けにきてくれたはずだ。怪我のことも気遣ってくれていた。なのにあんな不本意な結果にしてしまった……。

獣を助けたのを間違いとは思わない。間違いというのなら、挑発に乗って狩りを引き受けた最初の選択。自分の力を過信し、過大評価したこと。

無力が身に染みて、アンジェリカは目元を腕で覆って顔を隠す。

もっと賢くなりたい。強くなりたい。

自分が正しいと思う道を貫くための力が、いまはあまりに足りない。その力は、決して腕力でも暴力でもない、賢さと優しさのはずだ。

離れ離れになった祖父を思い返す。

スラムのあばら家の机で、常に本を読み、書きものをしていた姿。荒んだ町でも子どもたちに勉学を教える光景。彼を訪ねる多くの知識人たちと夜遅くまで様々な問題について語らい、客人たちが意見し合うのを見守る温かな横顔。

そして、アンジェリカに向ける優しいまなざしと、思慮深い声……。

貧しくも豊かだった生活のなにもかもが懐かしかった。

祖父は元気だろうか。こんなとき、どんな助言をしてくれるだろうか。

幼いときのように、打ちひしがれるアンジェリカを抱きしめてそっと背中を撫でてほしい。なにも心配することはないよと、慰めてほしかった。

（お祖父ちゃん……）

だがもう、自分は二十二歳の大人だ。自身の力でこの苦境を脱していかなくてはならない。濡れた目元をこぶしでぬぐい、アンジェリカは目を閉じた。

「なんだ、ジェリ。やけに顔色がよくないぞ」

皇子宮を抜け出し、少年の姿で煙草臭い新聞社に顔を出したアンジェリカを、社長で編集長のトーバイアスが出迎える。

「どうしたんだ。いま流行りの北部風邪じゃないだろうな」

「まさか。ちょっと怪我をしてるだけ……って流行りの北部風邪？」

「聞いてないのか、編集長室のバックナンバーを読め」

手招きされて編集長室に入り、ふたりきりになったとたん、彼は切り出した。

「ジェリ、おまえが持ってきてくれる金でだいぶ新聞社の運営も助かってる。出どころは皇子宮の予算だっていうが……使い道は聞かれねえのか」

切り出しは早いが口調は遠慮がちな彼に、アンジェリカは肩をすくめた。

「わたしに一任されてる。もっとも予算のうちからすると微々たる金額だから、問題にされていないだけだと思うな」

「あれで微々たる……やれやれ、俺たちの税金で皇室は好き放題だな。還元してくれるのはありがたいが、おまえの扱いに不満の声が上がってる。得体のしれない小僧を、なんで特別扱いしてるんだと。援助の金で目をつぶっちゃいるが」

「処遇に見合う働きをすればいいってわけね。皇室のゴシップなら任せて」

こともなげに返し、アンジェリカは編集長室の棚から過去の発行分を取り出して目を通す。目深にかぶった帽子の下で、その顔がしだいに険しくなっていく。

「ねえ、トビー。この風邪、けっこうやばいんじゃないの」

「やばいどころじゃない。各地の診療所も、スラムの無料の医務院も満杯だ」

アンジェリカは手にしたバックナンバーを編集長のデスクに広げる。

〝水害による北部風邪の死者急増！　町は死体を焼く煙が絶えない……〟

「トビー。この現状に、皇室政府はどう対応してるの」

アンジェリカの問いにトーバイアスは口の端を大きく曲げる。

つまり、対策らしい対策はなされていないらしい。

皇子宮での暮らしや、ミルドレッドから送られたきらびやかな衣装、招かれたお茶会を思い返す。貴重なマグナイト鉱石を無駄に消費し、困窮する人々を放っての贅沢ぶりに、お茶会での扱いも重なって気分が悪くなる。

「そうだ、ここの住所でノルグレンの祖父に手紙を送りたいけど、いいかな。汽車便なら三日くらいだよね」

「そりゃかまわねえが。なあ、ジェリ」

どこか不安そうにトーバイアスは眉をひそめて身を乗り出す。

「ここは取るに足らないゴシップ紙だってことでお目こぼしをされてる。皇室の記事ネタは助かるが、くれぐれも派手にやり過ぎるなよ」

「牙が抜けたね、トビー。〝囲い職人〟と呼ばれた扇動屋はどうなったの」

「巧妙なやり方に鞍替え(くらがえ)しただけだって」

「わかった。安心して……なんて大言壮語はもうしないけど」

アンジェリカは帽子のつばの陰から、含み笑いを向けた。

「上手くはやる。少なくとも特ダネには貢献するよ」

新聞社を出て、アンジェリカは下町を歩く。

夕暮れに差しかかり、街路は家路につく急ぎ足の人々で混んでいた。

皇子宮の周囲にいる監視の目の隙はすでに把握しているが、目立たないに越したことはない。だから視界の悪くなる夕暮れ時は、ひと目につかずに好都合だ。

本当は……少し皇子宮に戻るのは気が重かったけれど。

三日前の茶会以来、エイベルとは顔を合わせていない。ミルドレッド皇女がなにもいってこないのは仕方がないとしても、彼に見限られたかと思うと気が沈む。

〝……彼女は僕の所有物じゃない〟

エイベルの言葉は、まだ耳に残っている。

祖父の高い教育を受けたアンジェリカにとっては、ある意味当然の話。けれど腹違いとはいえ姉のミルドレッドに向かって、エイベルはきっぱりといった。アンジェリカのことを心から尊重していなければ、あんな言葉は出てこない。

身分高いものから踏みつけにされてきた身として、目が開く心地だった。

〝氷皇子〟と呼ばれていても、その心映えは高潔だ。自分の自由のためとしても、狩りのときに助けてもらった恩を返すためにも、彼の力にはなりたい。

とはいえ、いまからどうやって挽回すればいいのか。

彼が軟禁状態の理由は、〝母殺し〟として危険視されているからのはず。外にも監視の目がある。だがミルドレッドに招かれて茶会に出席できるのを見れば、ある程度の自由と地位は保証されている。皇后の働きかけで、ノルグレンとの同盟のために、アンジェリカと縁組をさせるくらいだ。つまり危険視と同時に重要視されている。

皇帝権限で処罰が可能なら、恩赦も可能。〝母殺し〟の罪状なんてもみ消すのも可能のはず。なのに、生かさず殺さずの半端な処遇。

彼のくわしい事情をもっと知りたい。だが、こうまで隠されるなら、新参のアンジェリカには容易に明かせない理由があるはず……。

考えながら道を急いでいると、大好物の揚げ菓子の屋台が目に入る。夕暮れどきで店じまいらしく、売れ残りで安いよと店主が呼ばわっていた。夕飯が間近なので一袋だけ買い求めると、ちょうど通りすがった荷馬車を呼び止めて行き先を訊く。

「後ろ、乗せてって」

小銭を御者に投げて、身軽に荷車に飛び乗った。

砂糖がまぶされてべたつく揚げ菓子を頬張り、スラム育ちらしい行儀の悪さで汚れた手をズボンで拭きながら、新聞社から持ち出したバックナンバーを広げる。

がたがた揺れる馬車に文字も揺れるが、気にせず記事に目を通した。

〝洪水による北部風邪流行、薬は尽き、医療者も相次いで倒れ……〟

今年の雨季は酷く、田畑を流されて流行り病も重なり、暮らしに行き詰った貧民が皇都の門外に集まっている。皇族や貴族たちは、心ある学者たちの進言も無視して舞踏会に明け暮れている、などとさすがにゴシップ紙とはいえ非難の筆致だ。

はっとアンジェリカは目を開く。ミルドレッドが私費を投じて配給所を設け、貧民救済に乗り出しているとの記事があったからだ。

「うるわしき皇女殿下の恩情にすがる人々の一方で、マグナイトの利権をめぐり、対立するばかりの皇室派と貴族派は……」

皇室派と貴族派の対立。へえ、とアンジェリカは前のめりで記事を読む。

皇国内の政治についても情報が足りなすぎる。侍従長や侍女長はさすがに自国の不都合は語りにくいようで、こちらも深く踏み込んで訊きにくい。

だから『日刊マグナフォート』は情報源として大いに助かる。

ゴシップ紙だからどこまでが真実かわからないが、志の高い祖父と深い親交のあったトーバイアスなら、事実無根の話は書かないだろう。

過去の記事をできるだけ読まなくてはと、アンジェリカは心に決める。

夕闇が降り、文字が見えにくくなって顔を上げると、皇子宮が丘の上に見えてくる。

アンジェリカは荷馬車から飛び降り、黄昏（たそがれ）の薄闇にまぎれて駆け出した。


「姫さま、心配していましたよ！」

こっそり庭のベランダから自室に入ると、メルが駆け寄ってきた。

「ごめんなさいませ、夕食にはぎりぎり間に合ったかしら」

「それは大丈夫ですけれど、いいえ、それよりも」

メルは華やかな香りの封筒を差し出す。その匂いで差出人はすぐにわかった。あんな失態を見せたアンジェリカに、皇女はどういうつもりで送ってきたのか。

机のペーパーナイフを取り、封を切ってなかを見る。艶やかな花柄の模様のカードが入っていて、アンジェリカは不安と期待のない交ぜな心地でそれを裏返した。

『先日の茶会、大変に楽しゅうございました。姫君とはもっとお話ししたく思いましたわ。つきましては……』

嫌味か、とアンジェリカは顔をしかめる。だが、美しい文字でつづられる文面に、思わず驚きで息を呑んだ。

『エイベル殿下とともに、来月の皇宮舞踏会にご参加いただきたく存じます』

第五章　ダンスくらい、やってみせますわよ

深夜、エイベルの自室の窓をこつんと叩く音がした。

掃き掃除をしていたエイベルは顔を上げる。裏庭に面した窓はカーテンがかかって見えないが、こんな夜に、しかも窓から訪ねてくる相手はひとりしかいない。

歩み寄ってカーテンを開ければ、案の定。

「……なぜ君はまっとうにドアから来ない」

「お目通りを願わなくてはなりませんでしょ」

エイベルが開ける窓から、部屋着のアンジェリカが入ってくる。先に風呂に入ってきたのか、髪も顔も輝いていた。

「朝まで待てないのか。なんの用だ」

いちおう男の部屋なのだが、とエイベルはため息をついた。

「皇女殿下から、舞踏会への招待状いただきましたわ。ご存じですわよね」

「知っている。君ひとりで行ってくれるなら助かるが」

「わたくしひとりで行くほど厚顔無恥じゃございませんですわよ」

む、とアンジェリカは腰に手を当ててむっとする。本当にころころ表情が変わるなと半ばエイベルは呆れつつ、ふとその輝くような豊かな表情に見惚れてしまう。

（……馬鹿な）

そんな自分に気付き、腹立たしくなった。彼女が悪い人間ではないのはわかる。だが、こちらの感情が乱されるのは落ち着かない。

「お茶会でのわたくしの失態で、皇女殿下が見限らなかったのは意外でしたの。しかも皇宮の舞踏会にお誘いいただけるなんて。あの、もしかして」

アンジェリカはこちらをうかがうように訊く。

「お茶会のあと、残っておられましたですわよね。そこで皇女殿下になにか取りなしていただけたのでございますかしら」

「ただの世間話だ。舞踏会への招待も君の突飛な行動が目を惹いたんだろう」

そっけないエイベルに、ふぅん、とアンジェリカはうなる。

「では、そこは追及いたしませんわ。皇女殿下にお尋ねすれば済む話ですもの。ですけれど、牙猪から助けていただきましたこと、感謝しておりますですわ」

といって、アンジェリカは目を伏せる。

「……そのご厚意も、無為にしてしまいましたけれど」

「まったくだ」

しおらしくなるアンジェリカに、エイベルはぎこちなく目をそむける。

本当に調子が狂う。言葉遣いは大仰でおかしいし、窓から出入りするのも気にしない行儀の悪さ。かと思えば、感情豊かな上に打てば響く知性、思いもよらない行動力にも目をみはる。一筋縄ではいかないようでいて、性格はまっすぐで素直。

これまで大公爵始め貴族たちから送り込まれた花嫁たちは、みな居丈高で気位が高く、魂胆を秘めていて、とても心を許して過ごせる相手ではなかった。

〝この結婚を、ぶち壊したいんですの〟

だがアンジェリカは、初手から胸の内を大胆に明かしてきた。

ずっと氷の張った湖のように心を閉ざしてきたエイベルにとって、彼女はその氷を割って飛び込んできた光に見えた。

だから混乱する。だから――だから、彼女から目が離せない。

「そんなことより、怪我の具合は。手当てはしたと侍従長から聞いているが」

「日常生活に支障はございませんわよ。ご心配おかけいたしましたわね」

心配など、といい返そうとしたが舌はこわばる。支障はなくてもきっとまだ痛みはあるに違いない。懸念にエイベルの胸は重くふさがる。

「ところで、なぜ夜中に掃除をなさっているんでございますの」

エイベルが口を開く前に、不思議そうにアンジェリカは室内を見回す。

「朝起きてから、窓を開けて掃けばすっきりしますのに」

「そうか、そうだな。どうりで空気が埃っぽいと……」

自分の間抜けさを告白するようで、あわててエイベルは口をつぐむ。

「人目につく時間帯に掃除をすれば、侍従長たちに気を使わせる」

「まあ、お優しいのでございますわね」

からかっているのか、と見ればアンジェリカは素直に目を丸くしていた。

「べつに、そういうわけじゃない」

気恥ずかしさに目をそむければ、アンジェリカは気付かず言葉を重ねる。

「わたくしも昔は自分で掃除していましたわ。いまはメルが『わたしの仕事を奪わないでください』って嘆くのでやらなかったんですけれど、お世話されるのは落ち着かなくて。やっぱり殿下を見習って、自分の身の回りは自分ですべきですわね」

いちいち褒められるのがくすぐったい。エイベルは強引に話を変える。

「それより、舞踏会に出るというならダンスはできるのだな」

「へ？　ダンス？　……って」

一瞬ぽかんとしたあと、アンジェリカは大きく息を吸った。

「あっ！　ま、待って。いえ、お待ちくださいませ！　ダンス、ですわね、そうでございますですわよね、舞踏会でございますものね。えっ……ダンス……」

目に見えてうろたえる彼女に、エイベルはこみ上げる笑いを噛み殺す。

「経験はなさそうだな」

「な、ないことはございませんですことよ。街の祭りでのダンスは見たことはございますし、たかが手足を動かすだけでございますでしょ」

必死になってまくしたてるアンジェリカに、エイベルは容赦なくいった。

「では、これから舞踏会まで毎日稽古をする」

「は？　ま、毎日？　嘘でございますわよね⁉」

驚きに声を上げるアンジェリカに、エイベルは澄ました顔で追い打ちをかける。

「嘘ではない。ミルドレッドが招く皇宮の舞踏会なら、皇族だけでなく名だたる貴族たちも集って参加するはずだ。新参の君は注目の的だぞ」

「で、ですけれど、わたくし、その、新聞社の仕事もございまして……」

「恥をかきたいのなら好きにすればいい」

そっけなくいえば、うぐぐ、とアンジェリカは唇を噛みしめる。

「わかりましたでございますわよ！　ええ、やってやろうじゃございませんの。たかがダンスですわ、わたくしの実力を見せてさしあげますですわよ」

自暴自棄にいい返す彼女に、エイベルはもう笑いを抑えるのに全力になる。

「殿下、もしや面白がっておいでじゃございませんこと⁉」

「否定はしない」

さらりと返せばすごい目でにらまれて、エイベルはこらえきれず唇の端に笑みをこぼした。アンジェリカは憤懣やるかたないといった顔で、つんと身をひるがえす。

「わたくしの用件は済みましてでございますわ。それでは、これで」

「まだ話すことがある」

エイベルの言葉に、窓に歩みかけたアンジェリカの足が止まる。

「以前、君は〝なぜ僕が軟禁だけで無事なのか〟と訊いたな」

「ええ、お尋ねしましたけれど」

「君を信用したわけではない。だが」

意味ありげにエイベルは言葉を区切る。

「〝母殺し〟で皇帝と皇族たちに疎まれてこの皇子宮に蟄居している僕が、なぜいまも無事なのか、それだけは話そう」

「教えていただけますの」

慎重な声音で尋ねるアンジェリカに、エイベルは淡々と語る。

「まず、僕がマグナイト鉱山の権利を持っていること」

アンジェリカが目をみはった。エイベルは言葉を重ねる。

「母方の祖父から受け継いだものだ。未開発だが資産価値は計り知れない。もし僕が命を落とせば、鉱山をめぐって騒動が起きるだろう。そして」

エイベルのまなざしが、鋭く光った。

「皇室と対立する貴族派を失脚させる、ある事実を握っているからだ」

「やっとお戻りになられたんですね、姫さま」

窓から自室に入るアンジェリカを、メルが眠たげに目をこすりつつ出迎えた。

「先に寝ていてといったはずですわよ、メル」

「姫さまがちゃんと戻られるまでは、心配で眠れるわけがありません」

「もう……心配性でございますのね、メルは。ほら、もうおやすみなさいませ」

メルを自分の部屋へ追い立てると、アンジェリカは寝間着に着替えてベッドに入った。横になると、舞踏会とダンスの稽古への重い気持ちが襲ってくる。

〝皇族や貴族たちは……舞踏会に明け暮れて……〟

今日読んだ新聞の記事が脳裏によみがえる。

貴族たちの見世物や笑いものになるのは勘弁。かといって、そんな輩が世情を無視して贅にふけるのを目の当たりにするのも業腹だ。

アンジェリカは、エイベルから打ち明けられた話を思い返す。

皇室派と貴族派が反目し合っているのは、日刊マグナフォートの過去記事であきらかだ。しかし、まだまだ皇国の情勢に疎いアンジェリカには、それがどんな陣営なのか把握できていない。蟄居しているエイベルがどちらにも与していないのは明白だが、ミルドレッドはどうだろう。皇族なら皇室派ともいいきれないし、叔父のローガン大公爵がどちら派なのかも不明だ。

ノルグレンでも、アンジェリカとエイベルの結婚に反対する豪族たちがいた。

オリガ女王が独断で決めた皇国との縁組。反対派の豪族は、皇国よりも脅威なほかの国々と絆を結ぶべきだと主張していて、そんな彼らの襲撃を警戒し、あんな目立たない質素な馬車での輿入れとなったのだ。

さらに、弟とも可愛がっていた甥のダニールから聞いたうわさによると、反対派の豪族の背後には、ノルグレンとの同盟を狙う他国の気配があったらしい。

（……ダニール、元気かな）

ふと、アンジェリカは可愛がっていた少年王子を思い出す。

〝差し入れを持ってきました、アンジェリカ姉さま〟

パンや干し肉の入ったかごを提げ、ダニールはよくアンジェリカを訪れた。

〝母上は豪族たちとの会議が長引いているんです。あの様子だと明け方までかかりそうですから、いまのうちにたくさん召し上がってください〟

祖父を脅し、無理やりアンジェリカをスラムから連れ出した横暴なオリガ女王は憎んでいても、その息子であるダニールは可愛かった。

母親と違い、優しげな面立ちの少年。軟禁状態のアンジェリカを姉のように慕い、温かな衣服や寝具、食料をこっそり差し入れたりと気遣ってくれた。

彼の父は王家の血を引く豪族の出。亡き前王に血筋だけでオリガの伴侶に選ばれ、ダニールが生まれたあとはオリガに振り向きもされず、王宮で飼い殺しのように暮らし、アンジェリカが連れてこられる前年に亡くなったという。

影は薄いが心優しい亡き父の思い出や、横暴な母への不満を少年はよく語っていた。女王のひとり息子で、十五歳で国を背負う重圧をかけられていた彼。こちらを気遣ってくれたのも、オリガに利用されるアンジェリカへの仲間意識だろう。

ノルグレンで孤立無援だった身には、少年の気遣いにどれくらい救われたか。輿入れから逃亡する計画を打ち明けられたのは、メルと彼だけだった。

自分がいないいま、少年はどう過ごしているのか。心優しい彼から受けた親切への感謝と、彼の現状を案じる気持ちはいつまでも尽きない。

「……それに比べて」

〝もしや面白がっておいでじゃございませんこと!?〟

〝否定はしない〟

「涼しい顔してくれちゃって、むかつく!」

エイベルの澄ました顔を思い出し、アンジェリカは腹が立ってベッドのなかでじたばたする。三つも年下のくせに！　なんて気持ちもこみ上げる。

それでも、エイベルが自分の秘密の一端を打ち明けてくれたのは、大きな一歩だ。完全に信じたわけではないといったが、こうやって少しずつ信頼を積み重ねていけば、この結婚を破談にすることに、より協力してくれそうだ……。

まぶたが重くなる。眠気のなかで、かすかに疼く脇腹の傷を意識する。

もう、あんな失態はしない。絶対に。

様々な想いを抱えつつ、アンジェリカは急速に深い眠りの底へと落ちていった。

「……まさか、翌日の朝からなんて」

自室での朝食のあと、早速侍従長が呼びにきたので、アンジェリカは気が進まないながらも簡素なドレスに着替え、皇子宮で一番広い部屋へと向かった。

「遅い」

一歩入るやいなや、待ちかまえていたエイベルから厳しい言葉が飛ぶ。さすがにむっときて、アンジェリカはつっけんどんに返した。

「こんな早朝からとは思いもいたしませんでしたのですわ」

「そうだったな。察しの悪い君のために時間もちゃんと指定するべきだった」

「察しがいい悪いではございませんことよ。連絡不備の問題でございますわ！」

「気が進まないという言い訳はその辺にしろ」

相も変わらず取り付く島もないエイベルに、アンジェリカは足を踏み鳴らしたくなった。そこに侍従長が小型の弦楽器を抱えて現れる。

「それでは、不肖わたくしめが伴奏を務めさせていただきます」

「まあ、侍従長さまは家内のことだけでなく、楽器まで演奏できますの」

「大したことではありません。姫君のお稽古のお役に立ちますれば」

アンジェリカの感嘆の言葉に、侍従長はほほ笑んで会釈した。

「時間が惜しい。まずは軽くステップの練習をする」

無表情にそのやり取りを眺めていたエイベルが、一歩踏み出す。

「円舞曲の基本の足取りだ。これを覚えておけばそう不様にはならない」

「あの……ちょっとおうかがいしたいのですけれど」

アンジェリカはいぶかしげに眉をひそめる。

「手をつながなくて、よろしいのですかしら」

「必要ない」

そっけなく答えるエイベルの両手は宙に浮いている。

「近づき過ぎて足を踏まれたら敵(かな)わないからな」

なーんーだーと。アンジェリカはむっとして眉を逆立てる。

「剣術の心得はございますの。殿下の華奢なおみ足を踏む心配はございません」

「いいや。君の力強い足踏みでつぶされるのはごめんこうむる」

ふたりは火花をまき散らすようににらみ合った。

「殿下。それは間違っておられます」

こほん、と侍従長が咳払いをする。

「〝ダンスとは会話であり、対話である〟との言葉があります。パートナーとなるお方との対話を、練習であっても欠かすのはいかがかと存じます」

む、とエイベルは言葉に詰まる。侍従長は慇懃に頭を下げた。

「差し出がましいことを申し上げました。どうぞお許しを」

「……いや、おまえのいうとおりだ」

決意の顔でエイベルはアンジェリカを見据える。

「少しくらい踏まれるのは覚悟しよう」

「わたくしが踏むのが大前提ってこと⁉　ええ、それでは遠慮なく」

目にもの見せてくれるわ！　とアンジェリカはひそかに意気込んだ。

エイベルは唇をきゅっと引き結ぶと、どこかぎこちなくアンジェリカの手を取り、背中に手を回す。目もそむけ、触れ合う指先も固い。

おや？　といぶかしく思って、はたとアンジェリカは気付いた。

もしや、照れてる……？　と思った瞬間、こちらもつないだ手のひらや背中に回された腕を意識してしまって、カッと耳たぶが熱くなった。

（ど、どうして……ちょっと、その、手をつないだだけなのに）

ああもう、とアンジェリカは自分に戸惑う。二十二歳にもなって、十九歳の青年とのほんの軽い接触にもこんな恥ずかしくなるなんて、子ども以下だ。

弦楽器の音色が響き始めた。あわててアンジェリカは顔を引き締める。

「まずは基礎も基礎の右ターン。曲を聞けばわかるだろうが、ワルツは三拍子」

エイベルは顔をそむけたまま説明する。

「したがってワルツの基本ステップは三歩だ。行くぞ」

「え、ま、待ってくださら……ひぇえっ！」

説明を呑み込む前に、いきなりエイベルは動き出した。

目にもの見せてくれるとの意気込みはどこへやら、エイベルの滑るような早い足取りに翻弄されて、アンジェリカは転びそうになる。

「あ、あの、目が回る……っ！」

「これくらいの速度にもついてこられないのか」

エイベルは冷ややかにいった。初心者のアンジェリカにまったく配慮もしない。

こいつ、とアンジェリカは悔しくなるができないのはあきらかなので、必死になって彼のステップを真似しようとする。

「耳がついてないのか。曲を聞け」「なんだその、泥を歩くような速度は」「これなら棒切れを振り回したほうがマシだ」

びしばし容赦のない言葉を浴びせられ、うわーん、とアンジェリカは泣きたくなった。エイベルのしごきは思った以上にきつい。

「今日はここまでにしてやる」

小一時間、みっちり基礎のターンだけくり返し、エイベルは練習の終了を告げた。ぜえはあ、とアンジェリカは膝に手をついて肩で息をする。

「今日は……って、明日も……でございますですの!?」

「当然だ。基礎のターンもできないのに甘えるな。あと一ケ月、舞踏会でせめて不様にはならないよう毎日稽古はつづける」

「わっ……かりましてでございますですわよ」

こぶしを握り、アンジェリカは顔を上げる。

「ええ、基礎くらい明日には会得してみせますですございますわ！」

「今日の不様さからすると、三日は必要だな」

エイベルは息を抑え、冷徹にいい返す。ぐぐ、とアンジェリカは歯噛(はが)みした。どうにかしてその澄まし顔の鼻を明かしてやりたい！　とむきになる。

だが、彼に欠点はあるのだろうか。剣術の腕前はおそらく互角、ダンスはむろん、身体能力にも優れ、頭の切れもいい。冷たい性格は欠点といえるが、それこそアンジェリカが競うようなものではない。

うぬ、とアンジェリカが姫としてのたしなみを忘れて腕組みをしていると、

「……いや、君は怪我をしていたのだったな」

ふいにエイベルが目をそむけ、声を落とす。

「牙猪のような勇ましさに失念していた。気遣うべきだった」

「あの、お気遣いはともかく……前半の表現は、いったい」

「もちろん、褒めているつもりではないが」

なにをぅー！　とアンジェリカがにらみつけると、演奏していた侍従長が弦楽器を下ろしてにこやかにいった。

「おふたりとも最初から息が合っていて、ようございました」

「なんだと」「なんでございますって⁉」

ふたりは同時に声を上げるが、老侍従長は嬉しそうにほほ笑むばかり。

「姫がこの宮にお見えになってから殿下は目に見えて楽しそうで、侍女長と日々喜び合っているのですよ。本当に、ようございました」

裏表のない笑顔にアンジェリカは落ち着かない。エイベルも不機嫌に返す。

「……親子そろって見当違いのことを」

「おや、ティモシーの目にもやはりそう映っておりましたか」

侍従長の笑みにエイベルはあからさまにそっぽを向いた。いまのやりとりからふと思いついた疑問を、アンジェリカは口にする。

「そういえば、殿下はいったい何年のあいだ、外出もままならないようなこんな生活をなさっておいでですの」

エイベルは答えに迷う顔になるが、結局は口を開いた。

「六年だ」

驚きに、アンジェリカは大きく口を開ける。

「ろ、六年？　ええと、いま御年十九歳でございますから……そんな」

十三歳から、この宮に閉じ込められるようにして暮らしてきたのか。

自分は十九歳からの三年だったが、その倍の年月。十三歳といえばやっと子どもを脱したくらいの、まだまだ少年の年。そこから六年も、外の生活を知らずに過ごしてきたというのか。反目し合う相手の境遇とはいえ、あまりに過酷だ。

絶句するアンジェリカを、エイベルは鋭い目でにらんできた。

「哀れむつもりか」

「まさか！　ですけれど、あまりに酷い話ではございませんの」

「不満はない」

そっけなくエイベルはいうが、アンジェリカは逆に感嘆の想いがこみ上げた。

彼の鍛えられた身体能力や知性は、きっと六年もの軟禁生活のなかで日々たゆまず努力して培ってきたものに違いない。エイベルのなかには、だれにも消せない炎のごとき強い意志がある。……その意志の目指す場は、いまだ不明だけれど。

「そうだ、殿下も下町へまいりませんこと？」

思い付きが口を飛び出す。さしものエイベルも、そして控えていた侍従長も、アンジェリカの突飛な提案に驚きの目を返す。

「忘れたのか。僕は……」

「蟄居中とは存じてますですわよ。皇子宮の周囲に監視の目もありますし、お招きがなければ自由には出られませんわよね。でも」

もしかしたら、皇子の鼻を明かせるかもしれない。六年もの軟禁状態から、ほんの少しだけでも、この不遇な皇子を解放することだって。

「わたくしに案がございますわ。どうか、お試しさせていただけません？」

◆

とはいえ準備に時間がかかり、アンジェリカがエイベルを連れて皇子宮を抜け出せたのは半月以上あとのこと。

皇子宮へ農作物を運んできた商人に報酬を支払い、荷馬車の荷台に隠してもらって外へ出ることができた。

監視しているわりに手薄なのが不思議だが、六年も軟禁状態でそのあいだ見張っていたのなら、油断が生まれているのかもしれない。

……あるいは、エイベルの失態を待っているとも考えられるが。

「下町は久しぶりですよ！　やっぱり、にぎやかですねえ」

護衛で同行のティモシーは、きらきらしたまなざしで朝も早い市場を見回す。

下町を歩く三人は市井の人々らしい質素な服。明日の早朝、商人と街はずれで待ち合わせ、皇子宮へ戻る予定。つまり、丸々一日自由の身。

「旨(うま)そうな屋台が並んでますね」

ティモシーの楽しげな言葉に、エイベルは興味なさそうに返す。

「道端で売っているものだぞ。食べて平気なのか」

目深にかぶった帽子の下の皇子の顔は、いつもと同様に冷静だ。もっと驚く顔が見られると思ったのにつまらない、とアンジェリカは少し拗ねる。

「わたしは何度も食べたけれど、なにもなかった。試せばいいのに」

煽るように得意げなアンジェリカを、エイベルがまじまじと見つめてくる。

「なに。なにかいいたいことでもあるの」

「なぜ、ふだんもその話し方ではないんだ」

え？　とアンジェリカが戸惑うと、エイベルはいつになく穏やかな声でいった。

「そのほうがいい。君らしさがある」

思わずアンジェリカは頬が熱くなる。

あわてて目をそらすが、どういうわけか心臓がどきどきして落ち着かない。

（な、なんで顔が熱くなるの？　当たり前のことをいわれただけなのに）

これが自分の素の言葉遣いだ。だから当然の指摘だ。それでも、いつもそっけない彼が珍しく褒めるようなことを口にするので、調子がおかしくなってしまう。

「そ、そういうわけにには。仮にも、その……姫なんだから」

「姫らしくない自覚はあるわけだな」

揶揄する口調に、む、とアンジェリカは口を尖らす。やっぱり、いつもの皮肉屋なエイベルだ。だいたい六年も軟禁されてやっと外に出られたのに、ティモシーのようなわくわくと心はずませる様子もないなんて、まったく可愛げがない。

だが、よくよくエイベルを観察してアンジェリカは気付く。

彼のまなざしは、なぜか懐かしそうで、そしてどこか胸が痛む切なさがあった。失われてしまったなにかを、思い出すような。以前にもこの下町を訪れたことがあるのだろうか。いや、そういう久しぶりという感覚ではなさそうだ。

「あの、騎士さま……じゃない、ええとティムどの」

エイベルが市場や行き交うひとを眺めている隙に、アンジェリカは声をひそめて青年騎士のティモシーにそっと尋ねる。

外では固有名詞は出せない。だれが聞いているかもわからないからだ。ティモシーは略称のティム、エイベルはイベルと偽名で呼ぶと決めてある。

「イベルどのは、いまの場所に住む前はどちらに？」

「はい、いまは亡きお母上のご領内に住んでいらっしゃいました。領地の街は、ここほどではないにしろ、にぎやかでしたよ」

亡き母親の領地。そういえば、マグナイト鉱山を所有していると話していた。

懐かしそうなまなざしは、幼いころ見た領地の街と重ねていたのか。

「父と母は、イベルさまのお母上に仕えていたんです」

ティモシーは頭を上げ、空の遠くを見つめる。

「心広く優しいお方で、ひとり息子のイベルさまをとても慈しんでおられました。父と母を信頼し、使用人とは思えない厚待遇をしてくださいました。おれにも家庭教師で教育をつけてくれて、剣の稽古のために師匠まで手配してくれたんです」

「そう……だから、あなた方ご家族はイベルどのによく仕えてるのね」

「でも、イベルさまご自身のことも、すごくお慕いしてます！」

明るく屈託のない笑みで、青年騎士は答える。

「誤解されがちですが、お優しい方です。おれたちへの報酬に、皇子宮での予算のうちからかなり割いてくださってます。それだけでなく、ご自分で自室を掃除し、庭も掃き、衣類の洗濯から食器の片付けまでしてくださるんです」

ティモシーは温かなまなざしで、前を歩くエイベルの背を見つめる。

「照れ屋な方なので、おれたちは見て見ぬふりをしてるんですが。父や母の手をわずらわせないようにとのご配慮が嬉しくて。そうそう、イベルさまお手製のハタキもあるんですよ！　古着を使って自作された……って、どうされたんです？」

アンジェリカが肩を震わせるので、ティモシーはけげんな顔になる。

わざわざ夜に掃除するのを知られたくなさそうだったのに、ちゃあんと皇子宮のみんなは承知して、彼の心遣いに感謝して黙っている。

しかも、古着を使った自作のハタキ？　氷皇子ならぬお掃除皇子だ。

うわさに聞いていたより、ずっと庶民的な性格ではないのか。まあ、冷ややかで無愛想なのも間違いなく彼の性格だろうけれど。

「ううん、なんでもない。うん、愛されているのは承知したよ」

「なにをひそひそ話をしている」

さすがにエイベルが気付いて振り返った。アンジェリカはにっこり笑って首を振ると、彼の隣に歩み寄る。

「なにか気に入ったものは？　小遣いは持ってきたし、買い物はどう？」

「特にない。少ない予算を無駄遣いはしない」

「しみったれたことを。それに自分のものを買えとはいってないよ」

慣れた場所と素の自分を出せる嬉しさで、アンジェリカは偉そうになる。

「日頃世話になっている相手に贈るものとか、どうかな」

「……そうだな。だが、ティム一家がなにを喜ぶか」

意外に素直にエイベルは提案を受け入れる。

「贈り物は、趣味から近づくのがいいんじゃない？」

「門外漢の贈り物など、見当違いになる」

「趣味そのものを贈れなんていってないって。音楽が趣味なら楽器手入れ用の脂。読書が好きなら栞。剣術が好きなら……汗を拭くためのタオルか肌着とか」

といって目を移せば、エイベルが意外そうにこちらを見ているのに気付いた。

「もう三人の好みを把握したのか。まだひと月も経っていないのに」

「そんなの一週間も要らないもの。観察してたらかんたんだ」

不思議に思われることこそ不思議だと思いつつ、アンジェリカは答える。

「楽器は古くて使い込まれていたし、ひとりで訓練をしている姿をよく見かける。日刊マグナフォートをひんぱんに読んでいるなら、読書家で知識人の証拠」

「日刊マグナフォートはゴシップ紙だろう」

「扱うのは醜聞だけじゃない。時事ネタもあるでしょ」

ふむ、とエイベルは考えるように指をあごに当てる。その姿にアンジェリカはほほ笑んだが、ふと周囲を見回す。

市場のそこかしこには、多くの物乞いがたむろしていた。

店主に追い払われる痩せ衰えた子ども。幼子を抱えて座り込む母親、地面にうずくまって動かない老人が市場の者に舌打ちをされている……。

遠い故郷のスラムの臭いがした。ひとの恩情にすがらなければ立ち上がることもできない人々。その日を生き延びることしか考えられない人々。

病や天災のためなら断じて彼らのせいではない。いや、生まれですでに貧しくて、前に進む足がかりもないなら、だれかが手を差し伸べなければ。

貧しくとも本と学問を与えられたアンジェリカは、どれだけ幸福だったか。

政治経済学者の祖父はスラムの現状に「貧困は国の病」だと常々いっていた。こんなときのために、国政はあるはずなのに。

「イベルどのは、国の政策についてどう考えてる？」

アンジェリカの言葉に、エイベルが眉をひそめて目を向ける。

「僕の意見をいう前に、君の意見を聞きたいものだが」

「わたしはこの結婚を破談にしたい。だから……よそ者だよ。そのよそ者が内政について意見なんかできない」

「馬鹿な話だ。君はもっと聡(さと)いと思っていた」

なんですって、と目を上げれば、エイベルは美しい眉を厳しく寄せている。

「君はいま皇国に住む。自分が住む場の改善に声を上げるのは当然だろう」

アンジェリカは胸を衝かれたような心地になる。

なんだか、ずっとエイベルには意表をつかれてばかりいる気がした。

「その……雨季の洪水で痛手を受けた地域が回復していないって聞いたんだ。皇国はなぜ援助や復興に努めないの。北部風邪っていう病も蔓延してるっていうのに」

「僕が得られる情報は限られている」

エイベルは市場を眺めつつ、吐息のようにいった。

「だが、皇族と貴族どもが奢侈にふけって、復興どころか援助の手も尽くしていないのは大方察しがつく。マグナイト採掘で他国の商人たちが入り込み、帝国議会の貴族議員どもに金をばらまいたからな」

「その地域から逃れてきた貧しいひとたちが、皇都に流れ込んでいるのは？」

「知らなかった。だが、ここで目の当たりにしている」

皇子はうつむき、体の陰でこぶしを握る。

「僕が育った場所は、裕福ではないが食いつめたものはいなかった。街もにぎやかで、領民はみんな母や祖父母たちを慕って……」

そのとき、はっとエイベルは顔を上げると、いきなり声を上げた。

「やめろ。子どもだぞ！」

いましも目の前で、果物屋の店主が骨ばかりに痩せた子どもの腕をつかんでこん棒を振り上げる。どうやら子どもが店先の果物を盗もうとしたらしい。

やはり痩せて浅黒く日焼けした店主は、不愉快そうに振り返る。

「子どもだろうが盗人だ。ぶたなきゃわからせられんだろうが」

「だったら僕がこの店の果物をすべてもらう。ティム、金を」

周囲にざわめきが広がる。物見高い見物客が集まってきた。

あわわ、とアンジェリカはあわてふためく。エイベルも帽子をかぶって顔を隠しているが、注目を浴びれば正体がばれてしまうかもしれない。しかしエイベルはかまわず、迷う顔のティモシーを促して金を払わせると店主に命じた。

「この果物をここに集う貧しいものたちに配れ」

「何様だね、小僧。なんでわしが命令されなきゃならんのだ」

「僕が買ったものをどうしようと勝手だ。文句があるなら配る代金も払う」

「困るんだよ。味を占めてまた盗人がたかりにきたら……」

やり取りのあいだ、つかまっていた子どもは店主の手を逃れ、持てるだけの果物を抱えて逃げ出した。助けてくれたエイベルへの礼など一言もない。

「なんですか、あの子は。助けてくださったイベルさまに感謝もしないとは」

不満げなティモシーにアンジェリカは吐息する。

「貧しいものは……そうなんだ。スラムでよく見た。いまを生きるのに精いっぱいで、他人の厚意を受け取る余裕なんてないんだ」

そのあいだ、エイベルはさっさと追加の代金を払い、いまだ不満げな店主を無理やり黙らせる。アンジェリカは彼の腕をつかんで引いた。

「イベルどの、いますぐここから離れて。急いで」

なに、とエイベルはけげんそうに眉をひそめるが、周囲に集まる人々の好奇の視線に気付く。追いかけてくる目線を振り切るために、アンジェリカはエイベルを急き立て、ティモシーを従えて市場の外を目指して歩き出した。

足早に歩きつつ、アンジェリカはささやく。

「貴方のお志は尊く思うけど……ああいう真似はやめたほうがいい」

「なぜだ。目の前で困窮するものを見捨てろというのか」

「違う。たとえば、ミルドレッド皇女みたいに自費で配給所を作るとか」

「残念だが、僕にはそういう権限がない」

悔しげにエイベルは吐き捨てる。

「だが権限を持てるまで待てば、あの子は飢える。あるいはぶたれて酷い怪我を負ったかもしれない。僕のやり方は間違っていない」

「貴方はわたしをもっと賢いと思ったといったけれど……わたしだって、あなたをもっと冷静なひとだと思ってたよ」

「そうか。君の期待にそぐわず遺憾だ」

「皮肉でいったんじゃないの」

アンジェリカはなだめるように話をつづける。

「目の前でつらい目に遭っている人間を見捨てるのは、わたしだって無理。でもあんな目立つやり方では、助ける側の貴方をいまより苦しい立場に追い込みかねない。できれば、援助に慣れたひとを介するのが得策」

アンジェリカの言葉に、エイベルは唇を強く引き結ぶ。

「……わかった。次は君の案を取り入れる。納得できる策ならば」

存外素直な返事だった。

アンジェリカは、隣を歩く皇子の美しい横顔をそっと盗み見る。

冷静かと思えば衝動的な熱情があるひと。秘密主義で容易に心は開かないのに、自分が間違っていたと思えば受け入れる素直さと度量があるひと。

決して悪い人間ではない。それは間違いない、絶対に。

そう思ったとたん、天啓のような確信が胸に生まれる。

（――このひとは、〝母殺し〟じゃない）

だれかを殺せるひとではない。目の前の困窮する子どもを見捨てられないひとが、ティモシーやその父母、領民たちに慕われていた母親を殺せるはずがない。だが、彼は甘んじてその汚名を受け入れている。いったい、なぜ。

知りたい。彼が隠す秘密、彼の過去。

それが好奇心だけではないことに、アンジェリカはうっすらと気付く。しかし、その感情をよく見据える前に――。

「……っ！」

ざわりとうなじの毛が逆立つ感覚がした。

周囲の違和感に気付く。三人が歩くのは街外れの市場からつづく、家々に囲まれた路地。人々の行き来もわずかで、薄暗いなか遠くから荷馬車が行き交う音が響く。

そんな人通りの少ない場所で、三人以外のだれかが、いる。

「どうした、そんな険しい顔をして」

エイベルが察して尋ねると、ティモシーも身をかがめてのぞき込む。

「だめ。なんでもない顔して歩いて」

アンジェリカはささやきながら、頭のなかで考える。

確実にだれかにつけられている。背中を追う視線を感じる。

相手はだれ？　まさかエイベルの正体に気付いた？　あるいは皇子宮からつけてきて、皇子が失態を犯すのを待っていた？

「こちらの腕を知らないようだな」

エイベルも尾行に感づいたようだ。

「三人ならどうとでもなる。あちらの数さえわかれば」

「ほんと意外にも血の気が多いよね、貴方は」

こんなときだが苦笑がこぼれ、あわててアンジェリカは顔を引き締める。

「この辺なら道がわかる。わたしについてきて」

アンジェリカたち三人は何気ない様子で通りをぶらつく。その背中を、複数の目線が追いかける。

ふいに三人が走り出し、建物の陰の路地へと素早く消える。

あとをつけていた追手たちは、姿を隠すのをやめてその裏路地に駆け込んだ。

第六章　勇ましいステップ、見せてさしあげますわ

五人ほどの数の追手たちは、アンジェリカら三人が消えた裏路地へと駆け込む。

――だが。

薄暗い建物の陰で待ち構えていたのは、帽子を目深にかぶった細身の少年。

「なっ……ひとり？」

追手の男たちが驚く隙を逃さず、いきなり少年は走った。

とっさに反応できない先頭の男の手前で身を低くしてスライディング、強烈な足払いで転倒させたかと思うと素早く身を起こし強く地を蹴る。

足裏を使った激しい蹴り上げ。後続の男があごを蹴り飛ばされてのけぞった。

「わ、あ、うわ……」「押さえつけろ、ひるむな！」

思いがけない先制攻撃に恐れるものと、憤るリーダー格とに分かれる。少年はすかさず、ひるんだふたりに高い位置での回し蹴り、次いでもうひとりの腕をつかんで引き寄せ、前傾姿勢になったあごに強くひざ蹴りを叩きこんだ。

「この小僧が……うっ!?」

　リーダー各の大柄な男がナイフを取り出すと、その後頭部に頭上から素焼きの屋根瓦がぶつけられた。機を逃さず少年がその横をスライディング、背後に回って大きく跳躍して男の肩に飛び乗り、両足を首に巻き付け強く絞め上げる。

「うぁ、が！　……っ、う、う」

　たまらず男は意識を失い、どうと倒れた。

　地面でうめく男たちと、そのあいだに佇む少年姿のアンジェリカ。そこへ屋根の上からエイベルとティモシーが降り立った。

「あの、す、すごかった、です」

　ティモシーはひるんだように声をかけるのにアンジェリカは肩をすくめる。

「もたもたしないで、いますぐこの場を離れて」

　といって駆け出した。あわてて走り出しつつ、エイベルが背後から尋ねる。

「いいのか。身元を確かめなくても」

「うん、ぐずぐずしていて見物人が増えたら面倒だから。それに、だれかに命じられて襲撃したんだとしても、荒事専門の傭兵かなにかだと思う」

　アンジェリカは上着の内からナイフを取り出す。リーダー格の男が持っていたもので、刃先は鋭いが特に変哲もない代物だ。

「わかりやすい証拠を持っているとは、思えないし」

「……君は、自身ひとりで僕の千人の兵になるといったが」

ちらりとナイフを見て、エイベルがつぶやく。

「百人くらいには匹敵しそうだ」

「もっとお役に立ってみせるよ、イベルどの」

にっこり、とアンジェリカは誇らしげに笑った。

商人の荷馬車との待ち合わせは翌早朝。それまでのあいだ、三人はどこかで一夜を過ごさなくてはならない。
「まさか、一夜の宿がこんな臭い場所とはな」
アンジェリカの案内でたどりついた「日刊マグナフォート」の編集長の部屋で、エイベルは帽子の下の綺麗な顔をしかめる。
彼のいうとおり、たしかに部屋は嚙み煙草の臭いが染みついていた。その場に居合わせる編集長のトーバイアスは、皇子の赤裸々な本音にやはり顔をしかめる。

「おい、ジュリ。ほんとにこの無礼なやつが……その、〝氷皇子〟？」

声をひそめて尋ねるトーバイアスに、うん、とアンジェリカは平然とうなずく。はあ、とトーバイアスは深々とため息を床に落とした。

「厄介ごとばかり持ち込みやがって。小さいころから変わらんよな。そうだ、おまえの祖父さんからの返信を預かってる」

といって、彼はごそごそと散らかったデスクを探って封筒を差し出した。

「感謝するよ、トビー！」

待ち焦がれた手紙に顔を輝かせ、アンジェリカは封筒を開く。

〝壮健そうでなにより。早速だが本題に入ろう〟

祖父の手紙はろくに安否も近況も尋ねない単刀直入な始まりだった。

アンジェリカは笑ってしまう。こちらが送った手紙で孫娘が無事なのはわかった上での切り出しなのだ。だが先を読み進めて、呑気な気持ちは吹き飛んだ。

〝立太子の儀を前に、オリガ女王が皇国との国境に兵を集めようとしている〟

不穏な内容に、アンジェリカはきつく眉をひそめる。

エイベルとの結婚で両国は同盟が結ばれたはずなのに、なぜ女王は国境に兵を送ろうとしているのか。あのダニールが立太子、という感慨に浸る気にもなれない。

〝豪族たちの反対を押し切って皇国と縁組をしたが、いまだ皇帝は式を挙げようとしない。これは縁組を認めていない証拠だと騒ぐ豪族をなだめるためとも、式を遅らせている皇帝へ圧をかけるためともいわれている〟

先を読んで、なるほど、とアンジェリカは考え込む。圧をかけるためなら早々に戦争などという事態にはならないか――いや、それは楽観的な思考だ。

マグナイト鉱山の開発で入り込んだ商人に金をばらまかれ、皇国の皇族や貴族たちは奢侈にふけっている。ノルグレンの圧力など気にかけるだろうか。

〝ところで、ノルグレン近辺で獲れる大牙猪の肉が高騰している〟

ふいに文中で話題が変わった。大牙猪？　アンジェリカは眉をひそめる。

〝安価な大牙猪は、貧しいものには美味いが口の奢った金持ちには不評だ。おまえも皇国の貴族らと交わって、その味を忘れるかもしれんな。では〟

手紙は呆気なく終わった。不可解な箇所にアンジェリカは首をひねる。

ノルグレンは北国、牙猪は皇国のような南方に生息する。しかも、その牙は装飾品として取引されるが、肉ならもっと美味な獣が飼育されている。

祖父の文章はあきらかにおかしい。もしや、伝えたいことをぼかして書いてある？

なぜそんなことを……？

牙猪。先日の茶会の一件を思い返す。

アンジェリカはちゃっかり〝庶子姫、伝説の獣を仕留め損なう〟と自分の失態を記事にしていた。主催の皇女や令嬢たち、同席のローガン大公爵は、大口を叩いた姫を大いに嘲笑したと誇張して。

調子に乗った自分を戒めるためもあるが、それだけではない。真の狙いは、北部風邪と水害に苦しむ民を無視して、贅沢な茶会や狩りにふける貴族や皇族たちを暗に非難するためだ。そして、祖父宛の手紙には記事が載った新聞を同封していた……。

(でも、どうして〝大牙猪〟？　相手にしたのは中程度の大きさだったのに)

記事でも、牙猪の大きさの誇張などしていないのに。

「ねえ、トビー。ノルグレンで検閲を受けたことはある？」

謎めいた手紙を手に、アンジェリカはしかめた顔を上げる。

「おれはないが、おまえの祖父さんは王国では重要人物だ。なんたって庶子姫の血縁なわけだからな。それに他国の知識人とも深い交流がある」

つまり、監視されていてもおかしくはないということか。

祖父が手紙を送る先は王室に知られている可能性がある。念のためアンジェリカは差出人をぼかして手紙を書いた。むろん、自分だとわかるような示唆は入れて。

検閲があれば、差出人も、返送先が皇国の新聞社だともわかってしまうはず。だが文面に書き直しはないし、塗りつぶされた箇所もない。

「王宮に閉じ込められていたから、わたしが知るのは豪族たちが皇国以外の国と同盟を結びたくて、この結婚に反対していたってことくらい」

うつむいて、アンジェリカはつぶやく。

「祖父のこの手紙をどこまで理解できているか、もどかしいよ」

「……庶子姫が政治の話とはな」

唐突にエイベルが口を挟んだので、アンジェリカはむっとして振り返る。

「なにか悪いの？」

「皇国ではどんなに有能でも表立って女性が政治に口を出すのは嫌がられる。むろん、あくまで表立ってだが。だから珍しかった、すまない」

冷静にエイベルは謝罪する。その冷静さもアンジェリカには癪に障るが、胸の内でミルドレッドを思い返す。有能なのに皇位継承権のない彼女のことを。

それに比べオリガ女王は、豪族の跡取りや官僚に女性を進んで認めている。

(ばか。ここであんなやつを認めてどうするの)

思い直すアンジェリカに、エイベルは取りなすようにいった。

「侍女長の話によれば、社交界での女性の交友関係で風向きも変わるそうだ。夫や兄弟へ、裏で働きかけることによってな」

「有能でも間接的でないと能力を発揮できないなんて窮屈……。それより」

アンジェリカはエイベルとトーバイアスに手紙を差し出す。

「こりゃ、結構なお漏らしじゃないのか」

目を通したトーバイアスが、品のない言葉でこぼす。

「軍の動きなんざバラして祖父さんが大変なことになりゃしないだろうな。つか、もしも監視か検閲が入ってんなら、ここを見逃しちゃまずいだろ」

「でも検閲があるか確証はない。そこよりも、後半の〝牙猪〟のくだりが不自然でしょ。トビー、心当たりはない？　なにかの符牒とか？」

「さあな、こんな符牒聞いたこともないが」

「いまの皇帝の様子では、圧をかけても式が早まるとは思えない」

エイベルが思わしげにつぶやく。

「現皇帝ホラス五世が病の床についてもう二年、一向に快方には向かっていない。表向きは宰相が政務を担っているが、実務は皇后が代理を務めている。マグナイト需要で強気の貴族らが、多少の圧力を気にかけるとも思えない」

「だったら、皇国はなぜ縁組を進めたの」

アンジェリカが聞きとがめた。

「マグナイト需要で潤って弱味がないなら、北の野蛮な新興国と同盟をする意味なんかなくない？　ノルグレンのほうはその需要の恩恵にあずかりたいかもだけど」

「おまえ、自分の国を野蛮とか……」

「僕と君との婚姻は、皇后の後押しだと聞いている」

トーバイアスの呆れる声にかぶせてエイベルが答える。

「僕は政治の中枢にはいない。だから憶測しかできないが、我が国も貴族の一部が皇室と対立し、君の母国と似たような状況だ」

「つまり、ノルグレンと手を組んで貴族たちをけん制するため？　そういえば、あなたは以前にも縁組を何度かしたと聞いているけど」

「あれは貴族派の差し金だった。僕を取り込みたい人間は山ほどいる」

エイベルが所有する皇国有数のマグナイト鉱山。そして彼が抱えるという、貴族派を陥れるための秘密……。

皇室派にとっても貴族派にとっても、エイベルは要注意人物かつ危険人物だ。なるほど、〝母殺し〟の皇子を軟禁状態だけで済ませるには充分な理由。

アンジェリカの脳内に、ナイフを隠し持ってつけてきた男たちの姿がよぎる。

そう、エイベルの命を狙うにも、充分な理由がある。

もし――もし、もしも、彼が殺されてしまったら？

第一皇子なのに、わずかな侍従とともに皇子宮で蟄居し、冷遇されている彼が命を落としても、だれも悼まないかもしれない。貴族派の秘密は葬られ、貴重な鉱山の権利が血縁として皇帝に渡るなら、皇室派にも好都合だ。

彼の死因を解明しようと思うものは、だれもいないかもしれない……。

アンジェリカはぞっとした。

だめだ、絶対にだめ。エイベルは高潔で熱意を秘めた人間だ。そんな彼を殺すなんて非道な真似、ゆるしてはいけない。いや、アンジェリカ自身がゆるせない。

「難しいことは、お任せします。おれは護衛のために……体力、温存」

ティモシーが大きなあくびをして、本が詰まれた長椅子にどさりと横になる。

ひじ掛けに長い足を乗せ、ぐう、といびきをかいて寝始める騎士を、アンジェリカは驚きの目で見つめた。

「なかなか肝の据わったひとなんだね。顔以外は侍従長や侍女長とあまり似たところはないと思ったけれど、やっぱり親子なんだ」

ダンスの稽古でエイベルをたしなめる侍従長を、アンジェリカは思い出す。

「そういう性格だから、僕も頼りにしている」

エイベルは小さく笑った。その笑みに、ふとアンジェリカは見惚れてしまう。

そうやって笑えばいいのに。ちゃんと笑えるんだから。あんな固くて冷たい、表情筋なんてないみたいな揺るがない態度でいなくても。

まあ、自分がどうこういえる立場ではないのだけども……。

なんて言い訳のようなことを思って、なぜ言い訳？　と悶々としていると、

「なにをひとりでころころ表情を変えているんだ。不気味なのだが」

エイベルから指摘され、あわててアンジェリカは我に返った。

「か、変えてなどいませんですことよ、失礼でございますわ、不気味だなんて」

「どうした、ジェリ。そのイカレた言葉遣いは」

あわてたせいで言葉遣いが変わってしまい、今度はトーバイアスにも突っ込まれ、アンジェリカはむっと拗ねて唇を尖らせるが、ふと思いつく。

「そうだ、トビー。このナイフになにか見覚えはある？」

アンジェリカはベストの内側からナイフを取り出す。

「見覚えもなにも、特徴がなさすぎるなあ。紋もなにもないぞ」

「ふつうのナイフは片刃。でもこれは両刃だもの」

「ふむ、猟師なら片刃、軍兵なら国が支給の武器だ……傭兵かね。最近、北の情勢が不安定で、マグナイト需要で潤う皇国に仕事を求めて流れ込んでるらしいが」

「さすがトビー！　……って、北の情勢がどうしたの」

アンジェリカがさらに尋ねると、トーバイアスは大きく肩をすくめた。

「記者を便利屋扱いするならバックナンバーくらい読んどけよ。まったく、いつかおまえもネタにしてやるからな」

「とっくに自分で自分をネタにしてるけど？」

得意げなアンジェリカに、トーバイアスはやれやれと首を振る。

「そういう、すぐ調子に乗るところで足をすくわれるなよ」

◆

嚙み煙草の臭いを全身に染みつかせながら、三人は一晩を編集室で過ごした。

ティモシーは朝までぐっすり眠って一度も目覚めなかったが、エイベルとアンジェリカは眠らずに、新聞のバックナンバーをずっと読みふけっていた。

「思った以上に水害は深刻なのだな」

編集長のデスクで洪水現場のスケッチが添えられた記事を読み、エイベルは眉をひそめる。向かいに座るアンジェリカは憤然として答えた。

「半年以上経つのに土地は荒れたままで、避難した民は戻れない。皇都に貧民が集まるのも当然だよね。いくら皇帝が病だからって議会はなにをしてるの」

「貴族たちが集まる議会は、貴族のためにある」

そっけなくも苦々しげにエイベルは返すと、目を上げずに話しかける。

「だが……もしも君なら、どこから手を付ける？」

「手っ取り早いのは、ミルドレッド皇女のように配給所を作ることかな」

スラムでの祖父の活動を思い返しつつ、アンジェリカは答える。

「現地周辺で動けるものを雇って、復興と配給を進めるのがいいと思う。同時に学者を中心とした調査団を派遣して、現時点での正確な被害を把握するべき」

「基本的かつ迂遠（うえん）の策だ」

つまらなそうに指摘するエイベルに、アンジェリカはむっとして問い返す。

「基本で迂遠が着実でしょ。じゃあ、貴方ならどうするの」

「僕なら、いや……僕が皇帝なら」

エイベルの青い瞳が、不穏な光を宿す。

「役立たずの議会を解散し、皇帝にすべての権限を集約させる」

「な……っ⁉ あり得ない、それは横暴すぎる！」

アンジェリカは驚いて広げた新聞の端から頭を上げる。

「独裁も同然のやり方だ。なぜ自分の判断が間違ってないって確信できるの」

「いまの状態が正しいはずがない。それは断言する」

「そう、たしかに正しくはない。でも強権を手にした君主が独裁する例なんていくらだってある。だから皇国だって君主議会制なんじゃないの」

アンジェリカが努めて穏やかにいうと、エイベルは口をつぐみ、目をそむけた。

「……ここで議論しても、どうせ口だけだ」

「そう？ わたしはなんだか楽しいけど」

アンジェリカは唇の端で笑んで、そっぽを向くエイベルを見つめる。

「政治経済学者の祖父のもとには、いつもたくさんの論客が国内や他国から集まって、毎晩毎晩、色んな論議を交わしてたんだ。それを……ちょっと、思い出した」

エイベルはむっつりと口を開く。

「有意義なサロンだな」

「サロンなんて高級なものじゃないよ。パトロンなんかいないし、場所はスラムのあばら家だし、みんな自費でやってきて、喧嘩みたいな議論が毎晩にぎやかに繰り広げられて、見ているだけでわくわくした」

アンジェリカは薄汚れた暗い天井を、懐かしげに見上げる。

「祖父は論戦をにこにこして見てた。意見を求められれば答えるか、たまに口を挟むぐらい。きっと……みんなが集う場が、楽しかったんだと思う」

ほんのわずか間があった。それぞれがそれぞれの想いに沈む沈黙だった。

「一度、君の祖父君にお会いしたいものだ。健在のようで喜ばしい……だが」

エイベルが頰杖をつきながら考え深げにつぶやく。

「そんな、各国から論客たちが訪ねてくるほど聡明さと能力のある人物なのに、君への返信で意味不明なことを書いてくるとは不可解だ」

「そう、無意味なことを書くひとじゃないの。だから気になる」

アンジェリカは考え込み、ふと尋ねた。

「皇室に、ノルグレンの動向について警告するべき？」

「圧をかけたいがためのこれ見よがしの行動だろう、さすがに気付くはずだ。皇帝代理の皇后や、あるいは政務機関が馬鹿でなければな」

アンジェリカはまた想いに沈む。

皇室に警告すれば、祖父とのつながりを利用されかねない。そう、エイベルのいうとおり、これ見よがしの動きなら皇国側もすぐに察知してもおかしくはない。

ふと、目の端にバックナンバーの記事のひとつが目に入る。

〝北の某国にて、一部貴族の扇動による民衆暴動、国王を縛り首に〟

思わずアンジェリカは身を乗り出す。緊迫の内容を読むに、どうやらノルグレンの近隣の国で、暴動による国家転覆があったらしい。眠気のなかでもアンジェリカは身がこわばった。その号を手に取り、次いで前後の号も探して広げる。

〝その貴族も民衆に追われ、混乱はなおつづいている模様……〟

ノルグレンよりさらに遠い国のため、断片的にしか話は伝わってきていないようだ。

大々的に扱わないのは影響力の大きさゆえか。

国家転覆はどの国も大罪、暴動で王が縛り首なんて、王制国家にとっては恐怖でしかない。大々的に報じればそれだけで目を付けられる。

どうした、とエイベルが近寄る。ふたりは肩を並べて記事に目を通した。

「トビーが、北の情勢が不穏だから傭兵団が皇国に流れ込んでるっていってた。あのナイフも、そいつらのものじゃないかって話」

「たしかに、不穏な情勢なら傭兵の出番だろうな。……だったら、雇ったのは金払いのいい皇国の貴族か、皇族か」

エイベルは険しいまなざしで記事をにらみつける。ふと、アンジェリカは口の端に皮肉な笑みをよぎらせた。

「いまの皇室のやり方に不満があるなら、民衆を扇動するのも手かもね」

馬鹿な、とさすがにエイベルは驚きに声を上げた。

「仮にも皇族の僕に、国家転覆をそそのかすというのか！」

「そういう道もあるってこと」

そう答えたとき、礼拝堂の鐘の音が響いた。アンジェリカが窓に歩み寄ってカーテンを開くと、街並みの向こうの空は夜明けの薔薇色に染まっている。

「もう朝か。あーあ、まさか徹夜するなんて思わなかった」

「そろそろ皇子宮へ戻る時刻だな」

ふああ、あくびをして伸びをするアンジェリカに、エイベルは窓の外の朝焼けを眺めながら、ふと言葉をこぼした。

「……存外、楽しい一日だった。感謝する」

えっ、とアンジェリカは振り返った。だがエイベルはいまの言葉なんてなかったみたいにティモシーに歩み寄り「起きろ、出るぞ」と声をかける。

思わず笑みがこぼれた。眠気のなかで、アンジェリカはふにゃふにゃとした笑みが抑えられない。冷たいように見えて、やっぱり彼は素直で可愛げがある。

ふーん、悪くないな。などと呑気に思っていたら、次の言葉に目を剝いた。

「戻ってひと休みしたら、ダンスの稽古だ。舞踏会まで日がないからな」

「なんだって⁉　徹夜明けならふつう休みにするでしょ！」

「君が覚えたのはまだ基本。休みなどと寝言を抜かせる段階ではない」

むむう、とアンジェリカは唇を曲げる。前言撤回、可愛くない。

「ふあ、朝ですか。腹が空きましたね」

ひとりティモシーだけが、くったくなく伸びをして起き上がる。

かんたんに後片付けを済ませると、三人は急ぎ足で新聞社をあとにした。体中に嚙み煙草の臭いをまとわりつかせながら。

◆

「――エイベル殿下、アンジェリカ殿下、ご到着にございます」

皇宮いちばんの大広間であり、もっともきらびやかな場所である〝花鏡の間〟の入口で侍従の声が響いた。とたん、場が大きくざわめく。

今日の舞踏会での、いちばん注目の的のふたり。うわさはすでに社交界でさまざまに飛び交っている。

ミルドレッド皇女殿下の茶会に、北方の野蛮な衣装で現れたという王女。

スラムのごみ溜めで生まれ育ち、品もマナーもない将来の第一皇子妃殿下。

異郷の言葉で堂々としゃべり散らす、慎みも恥じらいもない野卑な庶子姫。

血まみれになりながらも、牙猪を見事仕留めた怪力蛮勇の娘……。

そんな、根はあるが葉ばかり大きく茂ったうわさだ。

さらに、ずっと蟄居の身で社交界に姿を見せず、しかしその美貌と〝母殺し〟の恐ろしさのみが伝わる〝氷皇子〟ことエイベルが人前に現れる。

人々の期待は天井まで高まって、今日の舞踏会はこの数年のなかで、もっとも規模が大きく、もっとも人々が集まる場となっていた。

「……なにか、騒がしい気がいたしますですわ」

「それはそうだ。君は今日のいちばんの〝見世物〟だからな」

大広間入口のカーテンの陰で、アンジェリカとエイベルはささやき合う。

エイベルを伴っての下町探訪から、瞬く間に日が経った。

朝食のあとはダンスの稽古、人目を忍んでの新聞社通いと下町や皇都の門前での取材。その一方でミルドレッド皇女からはドレスの仕立てを命じられ、マナー講師まで呼ばれて特訓を受けさせられる始末。

〝今回は皇后陛下も陛下代理でご参加される、もっとも格式高い舞踏会よ〟

皇女からの美しい筆致で書かれた手紙は、それとなく辛辣で容赦ない内容だった。

〝茶会での勇ましさには感嘆したけれど、物珍しさとは冷めやすいもの。でも、姫のお望みが社交界での道化ならば、わたくしは心より後押しさせていただくわ〟

皮肉をまぶした美辞を思い返し、アンジェリカはむっつりとなる。

「その顔で出ていくつもりか」

すかさずエイベルに指摘され、ますますむっとした気持ちになるが、ここでの目的を思い出して深呼吸、澄ました顔を取り繕う。

「もとよりこういう顔でございましてよ。では、まいりましょうか」

「くれぐれも言動には気を付けろ」

そっと横目でうかがうと、エイベルの美しく怜悧な横顔が目に入る。

「僕らの足をすくい、笑いものにしようとする者どもの手には乗るな」
「……心得ましてでございますですわ」
(そう、今日の目的を果たさなければ)
音楽が間奏に入った。皇宮の侍従長がそっとカーテンを開く。
エイベルに手を取られ、アンジェリカは進み出る。一斉に人々の目線が集まった。
と同時に場が一瞬、息を呑んで静まり返る。
野卑で粗野、牙猪を仕留める蛮勇、銀雪象の牙をかつぐ蛮族の娘。
異国情緒といえば聞こえはいいが、実態はスラム育ちで品の欠片もない庶子姫。
アンジェリカをめぐる口さがないうわさ。だが今日の彼女の装いは――。
エイベルに手を取られたアンジェリカの歩みを追い、人々の視線が動く。
そこには――〝薔薇姫〟の名にし負う、輝くような姫がいた。

艶やかに光る華やかな赤毛を宝石と花々で飾り立てて結い上げ、体の線を美しく際立てるドレスには、肩口から裾にかけて真紅の薔薇飾りが縫い付けられている。だれもの目も奪う、匂い立つように華やかな装いだ。
対してエイベルは、吸い込まれそうに深い黒のタキシード。

ジャケットの袖口と前立てを豪奢な金の刺繍で縁取る以外に装飾はない。シャツも襟元のタイもフリル控えめでシンプル。それが彼の息を呑む美貌を引き立てる。

そして、アンジェリカのすんなりとした白い首に光るのは、エイベルの瞳を思わせる澄んだ青の宝石のチョーカー。見事な銀細工のチェーンが宝石を彩っている。

花鏡の間はその名のとおり、鏡張りの大広間だ。金細工の花模様の装飾に立ち並ぶ金の彫像、天井画は皇国の歴史を描く一大叙事詩。豪華絢爛で目もくらむ。

そんな場において、アンジェリカとエイベルはまったく引けを取らない。彼らが並ぶと、まるで花園が生まれたようだ。

しかしふたりの存在と装い以上に、アンジェリカの首元の宝石は注目の的らしい。目にした人々のあいだから、大きなざわめきが上がる。

「姫の宝石は、もしや皇帝より下賜された……」「ええ、皇国の宝の〝氷湖の瞳〟」

「行方知れずとうかがっていましたのに、やはりあの方のもとへ……」

声を耳にして、アンジェリカは隣を歩くエイベルに皮肉をささやく。

「このチョーカーのほうが主役のようでございますわね。よろしかったんですの。亡きお母上のご遺品でございますのに」

「かまわない。君が身に着けているという事実が重要だ」

たしかに人々の驚きを見ると、挙式もまだの野蛮な国の庶子姫が、皇室の宝を着けているのはかなりの一大事らしい。エイベルの独断であれ、よそ者であるアンジェリカを皇室の一員だと彼が認めているにも等しいのだから。

〝氷皇子〟はそこまで彼女に心を奪われているのかと、貴族たちは羽根扇の陰でひそひそとささやき合い、値踏みするまなざしで見つめてくる。

視線を集めながら歩むアンジェリカとエイベルは、居並ぶ人々の合間にミルドレッドを見つけた。今日も彼女は覚えず目をみはるほど美しい。宝石を縫い付けた光沢のある生地の緑のドレスをまとい、品よく周囲の取り巻きと会話している。

「姉上には、ご機嫌うるわしく」

「皇女殿下。お招きいただき、感謝いたしましてでございますわ」

エイベルは言葉少なに、アンジェリカは丁寧さを努めてお辞儀をした。

「ご機嫌うるわしゅう。おふたりとも今日の装い、素晴らしいこと」

「姉上のお力添えのおかげだ」

内心はどうであれ、エイベルは慇懃に告げる。

アンジェリカも同意をこめて頭を下げるが、胸の内ではどうにかして彼女とふたりきりで話がしたいと焦れる想いだった。

茶会のときも今回も、皇女の援助と費用負担で衣装を用意できた。特にこの舞踏会用のドレスは、皇女がひいきの職人が仕立てたもの。

だが、投資に長けた彼女の厚意がただの善意とは思えない。

茶会や舞踏会には出られても、エイベルはいまだ公には蟄居の身。この舞踏会に出たのは社交界で顔を売り、皇室や貴族たちの内情を探って、エイベルの地位を向上させて解放する手掛かりをつかむため。と同時にミルドレッドの意図も知りたい。

「おお、エイベル殿下、アンジェリカ妃殿下。お見えでしたか」

シックなタキシードに貫禄の身を包んだローガン大公爵がやってくる。

足取りは重そうでダンスをするようには見えないが、生まれながらの貴族然とした態度は、皇女とは違う意味できらびやかな大広間に見劣りしない。

「何度もいうが、妃殿下はやめていただきたい」

「さようですな。挙式のためにも陛下のご快癒を願わなければ」

口ぶりは殊勝だが謝罪の言葉ではなかった。皇族であるエイベルとその伴侶予定のアンジェリカへの敬意が、この老獪な政治家貴族からはどうも感じられない。

「新参でわからないことばかりですので、おうかがいいたしますですけれど」

アンジェリカは無礼を装って口を挟む。

「大公爵さまは、いま皇国で流行る北部風邪や、水害についてどう思われますの。皇子宮のほうにも聞こえている話題でございますけれど」

「さすが、女王をいただく国の方らしいお言葉ですな」

大公爵の余裕の態度はみじんも揺らがない。

「姫君がご心配する必要はありません。我らがよしなに計らいますので」

つまり、この国では女性は口を出すなということか。アンジェリカは唇を引き結んで押し黙る。まったく、皇族も貴族も気に食わない。

「ヘロイーズ皇后陛下のご到着にあらせられます」

侍従長が高らかに呼ぶ声が響いた。はっと人々は身を正してかしこまる。大公爵もミルドレッドも目を伏せて頭を下げた。

ヘロイーズ皇后。舞踏会へは、病床の皇帝の代理で出席との名目だ。

皇后が政務を代行しているらしいのは、エイベルから聞いて知っている。マグナフォート皇国は、表立っては女性の地位も権力も弱いが、社交界では女性の交友が大いにものをいう。ならば皇帝が病床のいま、皇国のトップは彼女となる。

つまり、大公爵やミルドレッド以上に気を付けなくてはならない相手……。

楽団がひときわ荘厳な曲を奏でる。入口のカーテンが開く。

高々と結い上げたかつらをかぶり、大仰にふくらむドレスに身を包んだほっそりした女性が、ゆったりとした足取りで歩んできた。

お付きの侍従らしい若く美しい男性に手を取られ、長く引くドレスのトレーンを侍女たちに抱えられ、彼女は大広間を進んでくる。うやうやしくお辞儀する人々のあいだでアンジェリカも頭を下げつつ、そっと皇后を観察する。

年は五十代程度、しわはあるが上品な顔立ち。余裕と自信と威厳をドレスのようにまとっている。その雰囲気は、異母姉のオリガ女王を思い起こさせた。

権力を握る者特有の傲慢さがいけ好かない、と反射的に思ってしまった気持ちを隠すために、アンジェリカは皇后が通り過ぎるまで目を伏せる。

「そなたがアンジェリカですね」

ふいに降ってきた声に、はっと身が固くなる。

「はい。ノルグレンより参りました、アンジェリカでございます」

「顔をお挙げなさい」

有無をいわさぬ命令にいっそう反発心がこみ上げるが、アンジェリカは毅然（きぜん）と身を起こして目を合わせる。

一瞬、ふたりの目線が強く絡み合った。

「なかなかに豪胆な子だこと」

ヘロイーズ皇后は口元に小さくしわを刻んで笑んだ。

アンジェリカはドレスの裾を持ち上げ、膝をわずかに折って頭を下げる。

「恐れ入りますですわ」

「今宵は楽しんでいきなさい。せっかくです、そなたとエイベル、広間の中央でダンスをするとよいでしょう」

——なんだって？

アンジェリカが驚きで抗議する間もなく、皇后はエイベルに顔を向けた。

「久方ぶり。陛下より、病のためにそなたらの式を延ばし、心苦しく思っているとのお言葉をいただいています。六年ぶりに公の場に出たそなたに会いたかったと」

「義母上はご健勝そうでなによりです」

ほほ、と皇后は小さく声を上げて笑った。

「そなたがよい性格をしているのを思い出しましたよ。お似合いのふたりだこと。皇室の宝を大切にしていること、感謝しましょう」

皇后はアンジェリカの首元をちらりと見やり、ドレスの裾を波打たせて身を返すと、広間の奥へ歩んでいった。侍女たちがトレーンを掲げてあとにつづく。

　アンジェリカはチョーカーに指先を触れ、眉をひそめた。

「……もしかして、下賜したわけではないっていいたいの？」

「そのとおりだ。父上が勝手に寄越したものなのにな」

　エイベルのつぶやきに、アンジェリカは小さく息を呑む。皇室の確執はいまだなにもわからないが、根深いものがありそうだ。

「皇后陛下のご要望です。どうぞ、お二方ともお進みください」

　侍従長が広間の中央を指し示す。広間の人々の物見高い視線が集まる。だれかの思うように動かされるのは、どうにも腹立たしい。

「行くぞ」

　もやもやした気持ちを抱えていると、エイベルが促す。

「駄犬のように尻尾を巻いて逃げるより、どうせなら君の存在感を見せつけろ」

　励ますような言葉に目を開くと、澄まし顔でエイベルはつづけた。

「僕の足を犠牲にした稽古の成果もな」

　むっかー、とアンジェリカは闘志をかき立てられる。

「その気にさせるのがお上手ですこと。ええ、わたくしの勇ましいステップで、殿下のおみ足を粉砕しないよう気を付けますですわ」

「ああ、散々注意した。二輪戦車のような足取りはやめろとな」

ふたりはこっそりいい合いしながら手を取り合って広間の中央へ進む。それを取り巻くように、ほかのペアも進み出た。

楽団が円舞曲の序奏を奏で始める。マナーどおりふたりは手を取ってお辞儀をすると、滑るように回り出す。曲に乗って優雅なステップを踏む。

最初は滑らかな出だしだった。だが次第にテンポが速くなっていく。

「な、なにか初っ端から速すぎじゃございませんこと？」

曲調の速さにアンジェリカは声が上ずった。

「うろたえるな、稽古を思い出せ」

「殿下の皮肉としごきに地団駄踏んだ覚えしかございませんですわ！」

「僕も足を踏まれた記憶ばかりよみがえるな」

アンジェリカはむきになって、エイベルは冷淡に応酬しつつも、ふたりは意外に気が合ってダンスをつづける。

だが、基本的に身体能力の高いアンジェリカのこと。エイベルの慣れた動きに必死になって食らいつく。彼のさりげないリードにも助けられ、優雅とはいまひとついえなくとも目を惹く激しいダンスを繰り広げる。

美しく広がるドレスの裾、華麗にひるがえるタキシードのジャケットの裾。それはまるで、あでやかな花々が次々に開き、咲き誇るような光景だった。息の合ったふたりの見事なダンスに、観衆の感嘆のため息が追いかける。

曲の臨調感がいっそう高まる。いつしかだれもが足を止め、きらびやかな大広間で華麗に踊りつづけるアンジェリカとエイベルを眺めた。

楽団の演奏も熱が入る。ひときわ高く速い終奏へ、ふたりのダンスも最高潮へ。正気を忘れたような激しいステップとターン、みなは息を呑んで目が離せない。

ジャン、と弦楽器の大きな音で曲は終わった。

アンジェリカとエイベルも強くステップを踏んで止まる。どちらも大きく肩を上下させ、汗をこめかみより流し、息を荒らげてお互いを見つめ合う。

固くつないだ手を離すのも忘れ、アンジェリカはエイベルの青い瞳を、エイベルはアンジェリカの紅い瞳を、どちらも吸い寄せられて結び付くように見つめる。

ここがどこで、いまがどんな時間だったかも忘れた。どちらも、この場にはふたりきりしかいないように熱く相手を見据えた。

ふいに大きな拍手が上がる。それでふたりは我に返った。

「……よくやった」

エイベルはぽつりというと、すっと手を引いて身を返す。アンジェリカは空っぽになった自分ひとりの手を見下ろし、ぎゅ、と握り締める。

(変なの、どうして……)

――どうして、こんな寂しい気がしてしまうのだろう。

「素晴らしかったわ、おふたりとも」

ミルドレッドの賛美の声が、涼しい夜風の吹くテラスに響く。

彼女の侍女に呼び出され、アンジェリカはいま、ふたりきりで向き合っていた。

「皇后陛下もいたく感心されて、お褒めの言葉をわたくしに託していただいたわ」

「エイベル殿下のリードと、皇女殿下の援助のおかげでございますですわよ」

わざわざ言葉を託されるほど、ミルドレッドは皇后と親しいようだ。

皇后には幼い息子、第二皇子と第三皇子がいるという。だから直接的な血のつながりは彼女らにはない。しかし、ミルドレッドの叔父は皇室の血を引く大公爵で、皇后もやはり皇族の出らしい。つまりは姻戚だ。階級上位の人間の濃い血のつながりに、アンジェリカはこっそりへきえきする。

「姫君の皇国での社交界デビューは、これ以上ないほどに成功してよ」

ミルドレッドは悠然と賛辞する。それがへきえきに拍車をかける。

「恐れ入りますですわ。ですが、回りくどいお話より本題についてお話ししたいものでございますわよ」

ずばりアンジェリカがいうと、ミルドレッドは眉を小さく上げる。

「高貴な身らしからぬ勇み足ね。おしゃべりを楽しむのも社交術よ」

「スラム出の庶子姫でございますゆえ、いたし方ございません」

しれっとアンジェリカは返して言葉を重ねる。

「皇女殿下のご厚意、痛み入りましてでございますわ。ですけれど、その裏にあるものに想いを馳せると、甘んじてただ受けるわけにもまいりませんわよ」

「心外ね。純粋な親切と受け取っていただけるかしら」

「見返りは、他人から得るか自分で得るかだと祖父がいっておりましたの」

ミルドレッドの言葉に、アンジェリカは淡々と返す。

「ひとに優しく親切にするのは、自分の満足のため。困っている他人を見捨てられない良心からの行い。その場合は自身で得られる見返りですわ。ですけれど、皇女殿下は投資に長けていらっしゃるお方。であれば……」

紅い瞳に意味ありげな光を宿し、皇女の静かな緑の瞳を見据える。

「わたくしに、どんな見返りをお望みでございますの」

ふたりは見つめ合う。テラスから望む庭の木立を風が揺らす音が響く。かと思うと、扇の陰でくすりと笑う声が聞こえた。

「茶会のとき、狩りに出ればエイベルに便宜を図る、とお約束したわよね」

「ええ。ですけれど、仕留め損ないましたのですわ」

「いいえ。獲物は得られなかったけれど、充分な成果はあってよ」

皮肉かとアンジェリカは唇を噛む。成果なんてなにもなかった。自分は不様に怪我を負い、エイベルの力になると豪語しておいて逆に助けられただけだったのに。

「茶会のあと、殿下とお話ししたの。そのとき殿下は、姫を弁護なさって」

え、とアンジェリカが大きく目を剝くと、ミルドレッドは薄くほほ笑む。

「殿下のご事情はご存じよね。お母上のお命を奪って、けれど所有するマグナイト鉱山のために蟄居の身で生かされている」

エイベルが実の母を殺したとは思っていない。だからアンジェリカは否定も肯定もせず、それで？　といいたげなまなざしで先をうながす。

「もしも殿下が不慮の事故でお命を落とした場合……その鉱山の所有権は、どこに行くのか聞いてらして？」

「不穏な仮定には、あまりお答えしたくはございませんですわ」

「ふふ、ではご存じではいらっしゃらないとお見受けして」

ミルドレッドは含み笑いを扇の陰で漏らす。

「殿下は遺言状に、自分亡きあと、遺産はとある侯爵以上の貴族に譲る……と書かれたそうなの。でもその貴族がどなたかは、明かされていない」

――侯爵以上の貴族？

眉をひそめると、皇女は扇の内でささやいた。

「実は、姫のお望みにお力添えすれば、殿下は遺言状の相続人を書き換えるとほのめかしてくださいましたの」

「なんですって……殿下ご自身でなく、わたくしの望みに？」

ええ、とミルドレッドはうなずく。アンジェリカは目を伏せ、体の陰で固くこぶしを握り締める。それから顔を上げて、きっぱりといい放った。

「結構ですわ。たとえなにか望みがあったとしても、殿下の身に危害が及ぶような取引での助力など、まったく欲しくはございませんわよ」

「まあ……そう警戒なさらないで」

毛を逆立てる冬猫をなだめるように、皇女は鷹揚に言葉をつぐ。

「わたくしにも望みがあるの。殿下の資産はたしかに魅力的だけれど、命と引き換えの申し出なんて危険極まりなくて、かえって望みを遠ざけかねないわ」

「そのお望みとは、なんでございますの」

アンジェリカの問いに答えず、ミルドレッドは扇をひらめかせながらシャンデリアの光が落ちる庭へ目をやる。

「こんな公の場では口にできないわ。でも皇后陛下とは利害が一致しているの」

アンジェリカは唇を閉ざし、皇女の言葉を噛みしめると、また口を開く。

「皇女殿下は皇都の門前に集まる避難民のために配給をなさっているとか。ご立派な行いだと思っておりますですわ」

それが？　と優美な笑みで見返すミルドレッドに、さらに問いを重ねる。

「ですけれど、皇室や議会に働きかけて避難民の故郷を救おうとはなさらない」

「わたくしは皇位継承権もない一介の皇女。手元の個人資産は使えても、議会や皇帝陛下に進言する力はなくってよ」

庭を見下ろすミルドレッドの横顔を、アンジェリカは測るように見つめる。

「皇后陛下とお親しいのでございますよね。あのお方を通じて皇帝陛下にお話しいただくことだって可能ではございませんの」

「病の床についている皇帝陛下にどう進言せよと？　もどかしいと思うことさえ、皇女の身ではゆるされないのよ」

ふたりはしばし沈黙する。アンジェリカはゆっくり、慎重に口を開いた。

「……皇女殿下は、ノルグレンの動向はご存じでございますかしら」

「ある程度は。叔父のベリロスター大公爵は政務大臣を務めているから。立太子の儀が近いのは存じてますわ」

祖父の手紙どおりだ。やはり同盟国の動向は皇室もきちんとつかんでいる。ほっとして、アンジェリカはこぼした。

「では、ノルグレンが国境に兵を集めているのも、ご存じでございますわね」

「なんですって⁉」

ミルドレッドは驚きもあらわに顔を向ける。

「うそ、どうして？　同盟を結んでいるのに？」

「そんな、ご存じでは……なかったのでございますの？」

「いいえ、あなたこそなぜ知っているの」

祖父からと答えるべきか、とっさに黙り込むが、ミルドレッドはあからさまに苛立つ様子で羽根扇を握り締め、庭へと吐き捨てる。

「叔父さまもなぜわたくしにいわないの。皇后陛下だって、そのようなことおっしゃっていなかった。叔父さまならばまだいいわ、でも皇后陛下なら……！」

「ご確認されたほうが、よろしゅうございますですわね」

はっとミルドレッドは顔を戻す。アンジェリカの紅い瞳と皇女の妖しく光る緑の瞳が、無言のうちに交差する。

「そうね、皇后陛下におうかがいしてみるわ。ちょうどいま、エイベルと話をしているところのようだけど」

ミルドレッドが広間へ目を向ける。その目線をアンジェリカも追いかけた。

華やかに着飾る人々のなかで、エイベルは皇后と語らっている。大仰で艶やかなドレスを着た皇后と対比的に、目に染みるような黒とそれに映える金の装飾の礼装を着たエイベルは、より際立って美しく見えた。

そのふたりのもとへ、トレイで飲み物を運ぶ従僕が、ダンスの合間の休憩に語らう人々の合間を縫ってまっすぐに歩んでいく。

アンジェリカは何気なくその様を眺めていて……はっと息を呑んだ。

「アンジェリカ姫!?」

ミルドレッドの声が追いかけてくるのを振り切って走り出す。

だが人ごみに阻まれて近づけない。

いましもアンジェリカの目線の向こうで、エイベルと皇后に近づく従僕が、お仕着せのベストの懐に手を入れた。

駄目、間に合わない――!?

第七章　殿下の真実、信じたいと思いますの

とっさにアンジェリカは人々を突き飛ばすように道を開けると同時に、行儀悪く片脚を持ち上げヒールのある靴を脱ぐ。

それをつかんで振りかぶり、勢いよく投げた。

がつん、と従僕の後頭部に激しくぶつかる。その勢いで彼はよろけ、懐からナイフが転がり落ちる。がしゃん、とトレイも床に落ちた。

「武器!?」「なんだって」「広間に武器は携行禁止だぞ」

周囲にいた人々は騒然となる。だが従僕はひるまずナイフを拾い上げ、しゃにむにエイベルと皇后へ向かって走っていく。

「殿下！」とアンジェリカは大声で叫んだ。

エイベルはすでに異変に気付いていて、皇后をかばうように素早くその前に立つと、従僕に一歩踏み出す。それへと突き出されるナイフ――！

だがエイベルはわずかなステップでナイフをかわし、こぶしで従僕のあごを激しく殴りつけた。

よろける相手の腕をつかんで引いてひねって足払い。どうと床に倒れてうめく従僕の手から落ちるナイフをすかさず奪う。

一連の動きはダンスのようで、アンジェリカは思わず見惚れてしまう。

広間内は騒然となった。衛兵たちが駆けつけようとするが、逃げ惑う人々に阻まれて近づけない。従僕はその隙に立ち上がって走り出す。

すかさずアンジェリカが走った。ドレスの裾をひるがえして勢いよく回し蹴りで向こう脛を蹴る。たまらず従僕は再び床に膝をついた。

「何者だ、こいつ」「縛り上げろ！」

衛兵たちがやっと近付いて従僕を拘束するなか、アンジェリカは片方だけの靴を脱ぎ飛ばしてドレスの裾を持ち上げ、ずんずんとエイベルに歩み寄る。

「殿下、ご無事でございますかしら」

「何事もない。……まったく、君は二輪戦車のようだな」

「そういう皮肉をいえるなら無事でございますわね」

ふ、とアンジェリカは安堵の笑みをもらす。

「殿下はできないことはございませんのかしら。ダンスもおできになって、剣術も武術もたしなんでおられるなんて。もしや音楽もとか」

「楽器は弦楽器だけ。それも少しだ」

「やっぱり。万能で可愛げがございませんわよ」

「可愛げの欠片もない君にはいわれたくはないな」

ふたりは軽くにらみ合うと、唇の端でにやっと笑った。

そのあいだ、護衛兵たちが皇后を避難させ、襲撃者の従僕を引き立てていく。舞踏会どころではなく、青い顔の貴族たちは侍女や侍従に支えられて外へ向かう。

「退出したほうがよろしゅうございますわね」

「だがこの様子だと、いま馬車回しは混雑していそうだな」

「よろしければ、皇子宮までお送りするわ」

ミルドレッドの声にふたりは振り返った。皇女はいくぶん血の気の引いた白い肌をしていたが、羽根扇で口元を隠し、変わらず優美な雰囲気をまとっている。

「皇室の馬車なら、いち早く馬車回しに回せるもの」

「僕の宮は君の皇女宮よりも遠いのだが」

「かまわなくてよ。馬車のなかでもう少しお話がしたいの」

といって皇女はアンジェリカへと緑の瞳を向けた。

「お二方への賞賛も、ぜひにさせていただきたいわ」

◆

混乱に包まれる宮殿をどうにか抜け出て、アンジェリカはエイベルとともに、ミルドレッドの馬車に収まる。

まさか皇宮で襲撃があるとはだれが予想しただろう。しかも、皇后の間近まで襲撃者が迫るとは。今日の警備担当はおそらく不備を糾弾され、罰せられるはずだ。

アンジェリカは馬車のなかから遠ざかる皇宮を眺めやる。かがり火に照らされた白亜の宮殿は、美しくも深い影が染みのように落ちて不穏に見えた。

「殿下と姫君の判断の速さに見事な腕前、感服してよ」

ミルドレッドの声に、アンジェリカは窓から目を戻す。

「きっと皇后陛下からお褒めの言葉を賜るはずだわ。皇帝陛下より命じられた蟄居も、これで解かれるのではないかしら、ね？」

「どうだろうな。もしもそうなれば、舞踏会に招いてくれたおかげだ」

「わたくしはなにも。お二方の活躍の成果よ」

テラスで見せた動揺はどこへやら、ミルドレッドは余裕の態度を取り戻している。

だがアンジェリカは警戒の念を崩さない。

「あの襲撃の首謀者はだれだと、皇女殿下はお思いになられますですかしら」

「皇后陛下かエイベルを狙ったかで、分かれるわね」

アンジェリカの問いに、ミルドレッドは羽根扇をひらめかせる。

「病床の皇帝陛下の代理として、皇后陛下が宰相や大臣を抑え、議会への働きかけを行って政務を担っているのは、ご存じよね」

ミルドレッドは扇をゆるゆるとひらめかせる。

「マグナイト鉱山の開発のために、皇国には多くのよそ者が入り込んでいるわ。商人たちは政務を担う皇族や貴族に賄賂を贈り、マグナイトの採掘権だけでなく、加工と販売権まで得て多大な利益を上げている。これが皇国主導なら利益は国民にも行きわたったのに。皇后陛下も苦く思っていらしてよ」

「もしや……皇后陛下はその利益を取り戻そう、というわけですかしら」

「それを面白くないと感じる殿方がいるなら、襲撃の目的は明らかね。でも」

きらりと、緑の瞳に鋭い光がよぎる。

「狙いが皇后陛下ではなく殿下なら……いかが？」

アンジェリカの身がこわばる。

いまは皇子宮の周囲に監視の目があり、貴族たちもけん制し合っている。だが、蟄居が解かれれば懐柔しようと接近するか、遺言状のありかやマグナイト鉱山の相続先を探るために乱暴な手を使うかもしれない。……今夜のように。

アンジェリカはあの従僕の動きを思い返す。

まっすぐに、エイベルと皇后が語らう場を目指して進む迷いのない足取り。彼の動きにある明確な意図。だからこそアンジェリカは危険を察知できたのだ。

「ところで、今夜の事件と、姫君が教えてくださったノルグレンの動向。なにか関連があるとお思いかしら」

皇女の問いにアンジェリカが声を呑むと、エイベルは静かに答えた。

「一足飛びに結論に飛びつくのは感心しない」

「でも、可能性としては考えているのよね」

含むような笑みにアンジェリカは警戒を強めつつ、注意深く尋ねた。

「皇后陛下にどうかご警告を。それと本当にノルグレンの動きを知らなかったのか、今日の襲撃に心当たりはないか、うかがっていただけますですかしら」

「もちろんよ。そちらもお気をつけあそばせ」

うっとりするような長いまつ毛をゆっくりとしばたたかせ、皇女はいった。

「あちらの動きがわかる伝手が姫君にあるのは、ありがたいこと。お二方の縁組、皇国にも殿下にも、わたくしの望みにとっても、悪くないわ」

どこまでもミルドレッドは含みある言葉しか口にしない。

彼女を信用していいとは、いまだ思えなかった。投資の腕に優れた彼女なら、より利益の高いほうを選んで掛け金を割り振るに違いない……が。

〝……でも、皇后陛下とは利害が一致しているの〟

はたとアンジェリカは、ミルドレッドの目論見に思い当たる。

貴族たちに賄賂を贈る商人が、マグナイト鉱山の利権を独占する現状。それを苦々しく思い、皇帝の代わりに権力を掌握して利益を国に取り戻そうとする皇后。

アンジェリカの力になることで、エイベルは遺言状を書き換えるといった。すなわち、自分亡きあとミルドレッドにマグナイト鉱山の権利をゆずるということか。

皇女に皇位継承権はない。そして皇后は息子であるふたりの皇子のどちらかに皇位を継いでほしいはず。そんな国で力を得るなら資産がものをいうはずだ。

つまり……皇后と結託し、自国に取り戻した利権を手に入れるつもりか。型破りなアンジェリカに貴族たちや社交界の注目を集めて隠れ蓑にし、その陰でさらに資産を増やす。要するに、こちらを手駒として利用したいのだ。

「エイベル殿下の皇子宮に到着いたしました」

馬車が止まり、はっとアンジェリカは我に返る。エイベルが口を開いた。

「先に僕の宮へ回ってくれたのか。感謝する」

「少しでも長くお二方とお話ししたかったの。礼など要らなくってよ」

「ありがとうございましたわ。どうか、お気を付けてお帰りを」

御者が扉を開けたので、アンジェリカは会釈して、エイベルのあとにつづいて出ようとした。その袖をミルドレッドがついと引く。

「エイベル殿下にお気をつけあそばせ」

なに、とアンジェリカが振り返ると、皇女は身を寄せて扇の陰で口を開く。

「あなたの前ではいい子にしているのかもしれないけれど」

ふふ、とほくそ笑むようにミルドレッドはささやいた。

「彼が〝母殺し〟なのは、間違いなくってよ」

皇子宮に入ると、寝ずに待っていた侍従長が出迎えてくれた。

「ミルドレッド皇女殿下より、先ぶれがまいりました」

めったに自分の感情をあらわにしない侍従長が、声に心配をにじませる。

「皇宮で大変なことが起こったとか。姫君と殿下がご無事で安堵いたしました。騒ぎでお疲れでしょう、湯浴みの支度が整っております」

「感謝する。夜も遅い、おまえは先に休め」

は、と侍従長は慇懃に頭を下げた。そっけない命令だが、老侍従長をいたわる言葉だとアンジェリカにはわかる。

「姫。就寝前に少し話がしたい」

アンジェリカがその場を辞そうとしたとき、エイベルがそういってあとも見ずに歩き出す。ついてこいというわけかとアンジェリカも無言であとを追った。

「引き留めて悪かった。これを見てほしい」

部屋に入ったとたん、エイベルは礼装のジャケットの内側からなにかを取り出す。

それは――一本の両刃のナイフ。見覚えのある形にアンジェリカは息を呑む。

「皇宮で襲撃者が使っていたものだ」

「これは……わたくしたちが下町で襲われたときのと、おなじ」

思わず仰ぎ見ると、彼は美しい顔を冷徹な目で見返した。ぎゅ、とアンジェリカはこぶしを握り、目を伏せる。

「うかつだった。貴方を外に連れ出すべきじゃなかった。こんな……こんな危険な目に貴方を遭わせてしまうなんて」

「馬鹿な。あれは必要なことだった」

悔いにうつむくアンジェリカに、エイベルは厳しく断言する。

「君の祖父からの手紙で、ノルグレンの動向を知ることができた。ミルドレッドを通じて皇室に警告を送れた上に、今回の襲撃との関連も判明した。違うか」

「違わない……けど、それは結果論だもの」

「結果〝論〟ではない、純然たる結果だ」

エイベルは諭すようにいった。

「君は他に類をみないほど優れた能力があるのに、時に自信がなさすぎる。必要以上の反省など自虐だ。僕を見習うがいい」

「……まあ、ぬけぬけとおっしゃいますこと」

アンジェリカは呆れて言葉遣いを戻して笑い出す。

「そうですわね、殿下は武術も剣術も学問も、ダンスも楽器もおできになって万能ですわ。いったい、どちらで学ばれたのでございますのかしら」

「楽器と教養は侍従長と侍女長から、剣術と武術はティモシーから学んだ。時間だけはあったからな」

――時間だけはあった。

アンジェリカは口を閉ざす。エイベルは十三歳のときから六年ものあいだ、この皇子宮に蟄居していた。その時代の苦しみはいったい、どれだけのものなのか。

だが彼の口調は淡々としていた。事実のみを答えている、というように。

〝母殺しなのは、間違いなくってよ……〟

ミルドレッドの冷ややかな声が耳の奥で強く響く。だが同時に、これまでの日々が脳裏を駆けめぐる。

冷たい態度ながら、侍従長たちの負担を軽くするために掃除をする事実。

無謀な狩りのさなか、危ないところを助けてくれたこと。

物乞いの子どもをかばう様。新聞社で熱く語らったひととき。

〝彼女は、僕の所有物じゃない〟

きっぱりと、ミルドレッドにいい放つ声。

〝存外、楽しい一日だった。感謝する〟

アンジェリカに告げる、素直な言葉。

彼のことをどう考えていいのだろう。うわさのとおりの冷酷皇子ではなく、冷たく皮肉な言動と裏腹の素直さや優しさがある彼を。

冷ややかな美貌からは思いもよらない、苛烈な情熱を持つ彼を……。

「ミルドレッド皇女殿下に、わたくしの希望を叶えるためのお力添えを願ってくださったのですってね。なぜでございます」

「……君の願いのほうが容易に叶えられると思ったからだ」

「容易？　いいえ、わたくしにはそうは思えませんでございますわ」

思いがけない答えに、エイベルは眉をひそめて見返す。

「わたくしの希望はこの結婚の破談。ですけれど、ノルグレンが国境に兵を集めて挙式せよと圧力をかけるこの状況で破談なんて、あなたがゆるしても、皇室や貴族たちがゆるすとは思えませんことよ」

「君なら自由に出ていける。あとは僕がどうとでもごまかす」

「メルを置いてはいけませんわ！」

アンジェリカは声を強めていった。

「わたくしは祖父の伝手をたどって外国のどこへでも逃げられますけれど、彼女は親元に返してさしあげたい。かといって破談になってわたくしが行方知れずになれば、侍女だったメルは責任を問われて国に居場所がなくなってしまいますわ」

そう、ノルグレンでも王家と豪族たちがこの縁組のために対立している。

オリガ女王は国益と面子にかけて破談などゆるすわけがない。マグナフォートでも、この縁組を皇后が主導したなら、継続を望んでいるはず。それを聡明なエイベルがわからないはずがない。なのに彼は、アンジェリカの望みを優先しようとする。

「わたくし、殿下のお望みはこの皇子宮に軟禁も同然の状況から解放されることだと考えていましたの。舞踏会での皇后陛下の暗殺……むろん狙いは殿下でございましても、未然に防いだ功績が認められたなら……」

無言で聞いているエイベルに、アンジェリカは語りかける。

「その功績で貴方の蟄居を解くことは、破談よりはたやすいはずですわよね」

「……〝母殺し〟の罪を負っていてもか」

「貴方が所有するマグナイト鉱山と、貴族派を失脚させるのが可能な秘密のためなら、少なくとも皇室側は目をつぶるはずですわ」

そこまでいったとき、はたとアンジェリカは気付いた。

皇室は目をつぶる。だったらこの結婚があろうがなかろうが、とっくにエイベルは蟄居を解かれていてもおかしくない。それなのに……。

「そうでございましたのね。貴方の願いは、蟄居からの解放ではないのですわ」

エイベルは答えない。アンジェリカは畳みかける。

「貴方は、甘んじてこの場に自分を閉じ込めているわけですのね」

「君がなにをどう指摘しようと、僕の気持ちは変わらない」

凍てついた声がアンジェリカの耳朶を殴りつけるように響く。

「自室に戻りたまえ。用件は終わった」

「待って、教えてほしい、殿下！」

姫らしい言葉遣いを振り捨て、アンジェリカは強く問いかける。

「あなたは……あなたは本当に、お母上を殺したの。少しでもわたしを信頼してくれているなら嘘偽りなく、どうか」

一瞬息を呑み、アンジェリカは必死に、願うような想いで訊いた。

「……どうか、真実を教えてほしい」

「事実だ」

だが、その語尾にかぶせてエイベルはいい切った。

切り捨てるような答えに、アンジェリカは唇を強く引き結ぶ。炎の色の紅い瞳で、冴え冴えとした冷たい青い瞳を見据える。

ぐ、とこぶしを握るとアンジェリカは無言で身をひるがえし、扉に突進して外へ出る。艶やかなドレスの裾を蹴り飛ばし、恐ろしい速度で廊下を通り抜ける。

〝……まったく、君は二輪戦車のようだな〟

笑みを含む声が、耳朶の奥で響いた。こんな歩き方を見たら、きっと彼はそう揶揄するだろう。でも……もうそんな軽口のたたき合いなんて、できそうにない。

（どうして、こんな傷ついたみたいな気持ちになるの）

うわさどおりの冷酷皇子で喜ばしいじゃないか。破談を望むなら、心を通わせる必要なんてこれっぽっちもないのだから。

自分にいい聞かせるけれど、めちゃくちゃに乱れた気持ちは収まらない。

ふと、生きるために盗みを働いていたスラムの仲間たちを思い出す。

子どもの自分が差し出せるだけのお金や食べ物を分け与えたけれど、彼らが罪を犯すのは止められなかった。

二十二歳にもなったのに、いまだ自分はあのときの幼くて無力な子どものままの気がした。きっと、エイベルがいう「自信がない」はそこに起因している。

自分勝手な偽善。役に立たない献身。

どんなに着飾って、上辺を取り繕って、言葉遣いを姫らしくしても、中身はスラムの瓦礫（がれき）と汚泥のなかで立ち尽くす、無力でみじめな子どもでしかない……。

「姫さま？　お帰りお待ちしておりました。湯浴みの準備は整って……え!?」

飛び込むように自室に入ると、メルが驚いて出迎える。

「まあ、お化粧が崩れてます。髪も乱れてらっしゃって」

「うん、ちょっと急いで帰ってきたから。すぐ湯を浴びる」

「お待ちください、ドレスを脱ぎませんと」

メルはかいがいしくアンジェリカのドレスを脱がせ、結い上げた髪をほどく。

「気丈な姫さまがそのようなお顔、なにがあったんですか」

「なにも。ごめん、遅くまで起きて待っていてくれたのに心配かけて」

「わたしは、それくらいしかできませんもの」

寂しそうなメルの声に、アンジェリカは胸が詰まる。

「そんなことない！　メルはいつもわたしを気にかけてくれてる。居心地よくしてくれる。役立たずは……わたしのほうだ」

鏡の前でアンジェリカはうなだれた。メルは優しく笑って、豊かに波打つ赤毛にブラシを入れながら語りかける。

「姫さま、もっと姫さまらしいお言葉遣いをなさらないと」

「もう、そういうお小言をいってくれるのもメルだけだよ」

あはは、とふたりで笑ったあと、アンジェリカは汚れた顔をぐいとぬぐう。

「ちょっと、自分の力不足に情けなくなっただけ。湯浴みしてくる」

「……姫さまのお考えは、よくわかりませんけれど」

ずっと付き従ってきた忠実な侍女は、いたわる声音でいった。

「姫さまが役立たずなら、メルはいま、ここにはいられませんよ」

温かな湯船に浸かり、アンジェリカはほっと息をつく。

陶器製のバスタブに張られた香油入りのお湯はいい香りで、こわばっていた体をゆるやかにほぐしてくれる。ノルグレンでは考えられなかった贅沢。あまりの心地よさに、いまだこれが寒々しい北国の王城で見ている夢かもしれないと疑ってしまう。

(これから……どうすればいいのかな)

揺れる水面に途方に暮れた心地の声が落ちる。

エイベルの口ぶりなら、いますぐにでもメルを連れて、こっそり皇子宮を出ていってもよさそうだ。彼とティモシーを下町に連れていったときのように商人の協力を仰げば、やれるかもしれない。下町で襲われたときのことを考えれば、監視の目は思っていた以上に厳しいのかもしれないけれど。

でも、彼らの狙いはエイベル。メルと自分だけなら機会はある。エイベルも、逃げたあとはどうとでもごまかしてくれるといった。律儀な彼のこと、一度口にした言葉はきっと果たしてくれる。

……アンジェリカへの未練なんか、ないみたいだから。

馬鹿だな、と湯船のなかで立てた膝にあごを載せて吐息する。

未練なんかあるわけがない。あの冷徹な〝氷皇子〟。固く冷たく心を鎧い、だれをも踏み込ませない彼に、そんなもの。

揺れる水面に、今日の舞踏会でのひとときが浮かび上がる。

悪態をつき合いながらも、見事に踊り抜けたときの爽快感。

踊り終わって見交わしたまなざしのあいだに流れる高揚の共有。

侍従長は、ダンスは会話だといった。あのとき、たしかにエイベルと自分はダンスという会話で心が通じ合っていた。いや、通じ合った気がした、だ。

(そう思うのは、わたしだけだったんだ)

胸に浮かぶ言葉に気持ちが沈む。重いため息がまた水面を揺らした。

でも……本当に自分は、この場を出ていきたいのだろうか。

エイベルから出ていっていいといわれている。破談とおなじ宣告だ。

それなのに、まるでこちらのほうが未練があるみたいに踏ん切りがつかない。

エイベルは、自分で自分をこの場に閉じ込めている。それはあたかも罰のようだ。ティモシーたちは、アンジェリカがここへ住むようになってからエイベルは明るく、楽しそうになったと語っていた。

(たしかに、わたしの言動を面白がる様子を見せていた)

アンジェリカが去れば、彼はまたこの場で冷たく自分を凍り付かせるだろう。そんな彼を置いて出ていくのは、果たして正しい行いなのか。

後ろ髪を引かれる心地。でもそれは、スラムでの苦い想い出のため。友だちを助けられず、力及ばなかった哀しみを、エイベルを助けることで取り戻したいからだ。

……そんなの、自己満足の代替行為。彼が自分の手助けなんて望んでいないのは、わかり切っているのに——。

「ああ、もう。ぐるぐる悩むばっかり」

ばしゃんとお湯に顔をつけ、息苦しくなって、ぷは、と頭を上げる。

祖父に相談したかった。自分はいったい、どうすればいいのかと。

迷いのなかで祖父の返信を思い出す。あれから何度か、匿名かつアンジェリカだとわかるように手紙を送ったが、いまだ返信は届かない。

せめて安否だけは知りたかった。一言でいい、無事だとか、手紙は読んだとか、そんな短い文面でいいから。

「最初の手紙はちゃんと届いたのになあ……」

そういえば、その手紙のなかの不自然な部分。

〝安価な大牙猪は、貧しいものには美味いが口の奢った金持ちには不評だ。おまえも皇国の貴族らと交わって、その味を忘れるかもしれんな……〟

矛盾ばかりの内容の、本当の意味はなんなのか、エイベルとも散々議論したが、推測以上の結論は出ていない。筆跡は見慣れた祖父のものだったし、ほかにおかしなところはない。しかしその不自然さが、やはり検閲を勘繰ってしまう。トーバイアスがいっていたとおり、祖父も監視されている可能性があるのだから。

その検閲と監視をかいくぐって、祖父はなにを伝えたかったのか。あれこれぐるぐる考えるさなか、今日の舞踏会で聞いた言葉が引っかかる。

だれがいった言葉だったか。エイベルではない、たしか……。

「姫さま、姫さま！　まさか湯船で寝ていらっしゃらないですよね!?」

メルの必死な声に、はっとアンジェリカは頭を跳ね上げる。いつの間にか、すっかりぬるくなった湯のなかで膝を抱いて眠っていた。

危ない、とぼたぼたと水を垂らしながらあわてて湯船を出る。

「もう、ですからメルがお体を洗うといいましたのに」

浴室の飾り戸を開けると、メルがタオルを広げつつ憤然としている。

「姫さまは時々、ぜんぜんメルのいうことを聞かないので困ります」

「ごめん、ごめんなさいませ。聞いてないわけじゃなく、ただ考えにふけ……」

アンジェリカの声が止まる。そのあいだ、メルはけげんそうな顔をしながらも髪を拭き、ガウンを着せてやったりとかいがいしく世話をしてくれる。

ふいにぱちりとアンジェリカはまばたきすると、声を上げた。

「ちょっと殿下のところへ行ってまいりますわ！」

「姫さま!?　お待ちください、そのようなお姿、いけません！」

「そんな姿って……あっ、そ、そうですわね、ガウンだけなんて」

顔を真っ赤にしてアンジェリカは部屋着のドレスへもたもたと着替えた。

自作のハタキと愛用の箒を手に、エイベルはソファに沈み込んでいた。

着古したガウンを再利用したハタキは、黒地でつやのある高級生地で作られていて、埃をはたくにはもったいないが、エイベルは気にしたこともなかった。

夜もすっかり更けている。だが立ち上がって日課の掃除をする気になれない。

〝……少しでもわたしを信頼してくれているなら、嘘偽りなく〟

アンジェリカの懸命な声がいまだ耳朶に残って打ち叩く。

〝どうか、真実を教えて〟

かたくなに凍り付いたエイベルの心を溶かす熱いまなざしと強い意志。誠実で情熱にあふれた彼女は、薔薇どころではない、まばゆい炎だ。

だが自分は、信じてくれようとした彼女が差し伸べた手を打ち払った。事実だ、と告げたときの彼女の傷ついたまなざしが忘れられない。

箒の柄を抱え、それにもたれるようにエイベルはうなだれる。

彼女にどう思われようと、かまわないのに。

冷酷な母殺しだと、貴族や皇族たちに忌避されてきた。近づいてくるのは鉱山の権利が目当てか、後ろ暗いものたちに命じられて命を奪おうとする輩。

ティモシー一家がそばにいてくれたらそれで充分だ。そう思ってずっと生きてきた。

だからこんな、打ちのめされた想いをする必要なんて――。

「殿下、エイベル殿下！」

いきなり窓を叩く音と声に、びくりとエイベルは頭を上げる。

まさか、さっきのやり取りでまた訪ねてくるなんてあり得ない。だがこんな非常識な訪問をする相手を、エイベルはたったひとりしか知らない。

「よかった、起きていらしたんでございますですわね」

窓を開ければ、部屋着のドレスにまだ濡れ髪のアンジェリカが飛び込んでくる。彼女はエイベルがハタキと箒を手にしているのを見て、首をかしげた。

「お掃除中でございましたの？　まあ、それが自作のハタキでございますのね。ティモシーどのからうかがってますわ」

なぜこんな時間に訪ねてきたのかと問う余裕もなく、エイベルはハタキを奪われる。アンジェリカはしげしげと興味深そうにハタキを眺めた。

「素敵、こんなものまで作れるなんて。殿下が万能過ぎていっそ腹が立ちますわ」

「本当に君は……どこまでも変わらず呆れたひとだな」

まったくいつもの態度に、エイベルは脱力しそうになった。

「素直に窓を開けてくださる分、殿下はお変わりになられましたですわよ。最初は窓を蹴り破る勢いで箒を突き付けられましたもの」

「少しは自分の非常識ぶりのほうを顧みてほしいものだ」

ますます呆れて返せば、彼女はにっこりと大きく笑む。

「取り次がなくてもよろしいんなら、扉からまいりますですけれど」

「いっそ部屋をひとつにすれば君の非常識から解放されるか……」

といったとたん、アンジェリカが真っ赤になって硬直しているのを目にして、はっとエイベルは言葉を呑んで首を振る。

「いや、いまのは失言だ。忘れてくれ」

「そ、そうでございますわね。いえあの、た、たしかにいちいちこちらも窓から訪ねていく手間がはぶけますですけれども」

アンジェリカにつられ、エイベルも白い肌を真っ赤にして目をそらす。

常に冷静で有能だが、長年蟄居の身だったエイベルは男女の関係に経験が足りない。それは食うや食わずのスラム育ちのうえ、十九歳から三年もノルグレンの王宮に閉じ込められていたアンジェリカも似たようなものらしかった。

「その、とにかく、だ。こんな深夜に訪ねてきた用件は」

咳払いして尋ねれば、アンジェリカもはっと自分を取り戻す。

「そう、そうでしたわ。祖父からの手紙を思い返して気付いたんですの。あの大牙猪のくだり。わたくしが対峙（たいじ）したのは決して〝大〟きくはありませんでしたわ。当の記事が載った新聞を送ったのに、祖父がわからないはずがありませんのよ」

なに、とエイベルが眉をひそめるとアンジェリカはまくし立てる。

「つまり、記事中に出てきた〝大公爵〟を指しているのですわよ。ええ、言葉にすると見え見えですわよね。でもこうして結びつけなければわからない。それに、こんな意味ありげな文面を入れて隠すことこそ、検閲されている証ですわ」

勢い込むアンジェリカに押されつつも、エイベルは口を開く。

「要するに、大公爵とノルグレンの動きは関係していると？」

「ええ、おそらく祖父は女王が軍を動かしているといち早く警告したかったんですわ。ところで……ミルドレッド皇女殿下と皇后陛下の仲、どれだけ深いんですの」

「姉上と皇后の仲？　話が飛ぶな」

意外な問いにエイベルは眉を寄せるが、すぐに口を開いた。

「姉上が皇后陛下のお気に入りなのはよく知られている。姉上は聡明だし、交流も広い。皇女だから、自分が産んだ皇子ふたりと皇位継承権において対立はしない。皇帝陛下の代わりに権力を広げたい皇后にはいい手駒だ」

「皇女殿下の叔父上の大公爵は政務大臣ですわよね。では、軍務大臣は？」

「貴族派の侯爵だな。皇室派の大公爵とは反目している。それがどうした」

「本当に、反目しているんですの？」

なに、とエイベルが眉を強く寄せると、さらに意外な言葉が聞こえた。

「皇女殿下は、ノルグレンが国境に兵を集めようとしているのを知らなかったとおっしゃっていましたの。あの驚きよう、嘘ではございませんわ」

あまりの話に、エイベルは一瞬絶句する。

「まさか、姉上は皇后から話を聞かされていなかったと？」

「もしくは、皇后陛下も知らなかった……というのは？」

今度こそエイベルは息を詰める。

「もし……軍務大臣の侯爵と政務大臣の大公爵が結託していたなら。ノルグレンの侵攻についてわざと皇后に知らせなかった可能性はある。だが大公爵は姉上の叔父君で、皇室の血も引く。しかも自他ともに認める皇室派だぞ」

「皇女殿下は〝面白くないと感じる殿方もいる〟とおっしゃってましたわよ」

馬車のなかでの会話をエイベルは思い返す。呆れ果てた成り行きだ。

「祖父の交友関係の広さは、お話しいたしましたわよね。きっと、大公爵が情報の遮断を行って皇后がノルグレンの兵の動きに気付かないと、独自の情報網から予測したのですわよ。だからあんな手紙を送ったのですわ」

「大公爵が……政務大臣なのに、皇后と皇女の邪魔をするわけか」

エイベルは嫌悪もあらわに吐き捨てる。

ノルグレンの動きを知らず、危機を招いたとあれば、皇后は貴族や議会からの反発を免れない。政務大臣の大公爵と、軍務大臣の侯爵が派閥を越えてひそかに結託し、皇后を陥れようとするなら、たとえ情報を知らされていなかったと皇后が主張しても、聞き入れられるかどうか。つまりは、皇后の失脚を望んでの謀。むろん、彼女と手を組んでいるミルドレッドも大きく力を削がれるはずだ。

「君と僕の婚姻、つまりノルグレンとの同盟は、皇后が主導した」

「そして殿下は、貴族派を陥れる証拠を持っていらっしゃるのですわね」

「皇室派とみなされているわけだな」

く、とエイベルは苦笑いをする。母殺しで皇帝から蟄居を命じられ、社交界にも出ずに過ごしてきた自分がどの派閥にも与するわけがないのに。

「かけたまえ、姫。くわしく話がしたい」

エイベルはひとり掛けのソファを指し示す。アンジェリカがうなずいて腰を下ろすと、箒を壁に立てかけて自分も向かいのソファに座り、口を開いた。

「検閲があるなら、ノルグレンの王室が目を通す。祖父君が書き送った内容は、すなわち女王側が伝えてもかまわないと考えた内容だな」

「そのとおりですわ。オリガ女王は……認めるのは癪ですけれど、傲慢で身勝手ですが愚かではありませんの。皇国の情勢は熟知しているはずですのよ」

アンジェリカは唇に指を当てて目を落とす。

「もしも皇国との同盟が破綻するようなら、女王の権威は失墜しますわ。そしておそらく、王太子となるダニール王子に、豪族の息のかかった相手が配偶者として押し付けられて、いっそう女王、というか王家の力は落ちるはずですわ」

「女王も皇后も、この同盟は是が非でも上手くいってほしいと願っているわけだ」

エイベルは両手を組み、形のいいあごを乗せて考え込む。

もし、女王と敵対する豪族たちと、皇后と反目する貴族たちが通じていたら？　ノルグレンの侵攻は伝わらず、皇后は国の危機を招いたと非難される。オリガ女王も面目を失い、影響力が削がれる。皇国の貴族と王国の豪族が喜ぶ運びになる。

「君が姉上に話したのなら、すでに皇后にも伝わっている。皇后も馬鹿じゃない、うかつに動けば貴族派に陥れられるとわかっているはずだ」

「でもそのあいだに、ノルグレンの圧力は高まる一方ですわ。国境で一触即発の状態になれば、ますます皇后の地位も危うくなるですわよ」

「だが僕らには力はない。いま目の前にあるのはただの空論だ」

エイベルは考えながら言葉を継ぐ。

「権力欲しかない皇室派にも、利権しか見ていない貴族派にも、与したくない。だが、最善とはいわないがよりマシなほうを選びたい。そしていま分が悪いのは……」

「皇后陛下の皇室派でございますわね」

アンジェリカの言葉に、エイベルは大きくうなずく。

「そうだ。皇室派と貴族派、どちらかに偏るより拮抗しているのが望ましい」

そこでエイベルは、脳裏に浮かんだ疑問を投げる。

「しかし、なぜ女王はわざわざ軍を動かす。書簡で圧をかけてもいいだろうに」

「我が祖国はお上品な皇国と違って蛮族なのですわ」

アンジェリカは両手を広げてわざとらしく首を振る。

「目に見える武力を誇示するのでなければ、納得しがたいのですのよ」

「マグナフォートも似たようなものだ。手管が回りくどいだけで」

エイベルは苦笑すると両手を握り合わせ、ふと目を落とす。

自国の為政者たちを貶めても、胸が空くわけではない。なおざりにされている者たちがいるのなら、なおさらだ。

「……子どものころ」

胸の底から突き上げる想い出を噛みしめ、エイベルは口を開く。

「僕は母の領地で領民に大切にしてもらった。むろん、慈悲深い母を慕ってのことだが、それでも彼らの慈しみは忘れられない。ゆえに……いま、他国の商人に独占されているマグナイトの利益を、民のためにも国へ取り戻したい」

「それが殿下のお望みなんですの」

エイベルは答えなかった。もちろんそれは理想のひとつ。しかし自分の真の望みはほかにある。……彼女に伝えるつもりはないが。

「国土が荒れているのに権力争いとは腹立たしい。そうだろう」

「ええ、肝心なのはこのくだらない闘争で置き去りにされる民の困窮ですわ」

ふたりは目と目を見交わす。闘志の光がお互いのまなざしに宿る。

「アンジェリカ姫」

エイベルは真摯な声で、まっすぐに名を呼んだ。

彼女はおなじくまっすぐにこちらを見つめている。マグナイト灯に照らされた紅の瞳も、濡れた赤毛も、きらきらと輝いていた。

「ノルグレンに兵を引かせ、皇室派と貴族派の力を拮抗させる。それが可能だと、君は思うか。思うなら……」

そんなアンジェリカの瞳を見つめ、エイベルは強い声でいった。

「僕に、協力してほしい」

「もちろんですわ！」

ほがらかにアンジェリカは即答した。あまりの早さにエイベルは一瞬呑み込めない。

ややあって、戸惑いもあらわに問い返す。

「なぜ、協力してくれる。舞踏会から帰宅したとき、僕は君に不実な態度を取った。君は真摯に、僕に尋ねてくれたというのに」

沈黙が落ちた。その静けさをエイベルは痛みのように受け止める。

「殿下のお言葉を、考えたんでございますの」

しばししして、アンジェリカの声が聞こえた。

「わたくしは〝真実〟を尋ねた。ですけれど、あなたは〝事実だ〟と答えられた。事実は客観、でも真実は主観でございますわ。でしたら、あなたのなかにはお母上を殺したという事実以外の真実――〝理由〟があるのですわ」

は、とエイベルは頭を跳ね上げる。

その彼の前で、紅の瞳がきらめいている。生き生きと強く、情熱をもって。

「わたくし、殿下の真実……〝理由〟を、信じたく思いますの」

ヘロイーズ皇后からの要請で、貴族議員の臨時招集があったのは、波乱の舞踏会より一週間後のこと。

「今日、みなに集まってもらったのはほかでもありません」

荘厳な議場のひときわ高い議長壇に皇后は立ち、落ち着かなげにざわつく貴族たちに向かって、威厳ある口ぶりで告げた。

「知ってのとおり、新たな同盟国である北のノルグレン王国にて、ダニール王子殿下の立太子の儀が執り行われます」

隣同士に座る政務大臣の大公爵ローガンと軍務大臣の侯爵が、意味ありげに目配せをする。その頭上を皇后の声が流れていく。

「皇帝陛下とわたくしに列席の招待状が届いていましたが、陛下は快方に向かわれてはいるものの、国外への移動はまだ負担が大きいとの主治医の見立てです」

快方？　快方だと？　ささやきがさざ波のように広がる。

二年も病の床について起き上がることすらできないといわれていた皇帝が？

「わたくしは回復の途にある陛下に付き添わねばなりませぬ。よって陛下のご意向により、我らの名代としてべつの者を使わすこととなりました」

そのざわめきを打ち消すように、皇后がよく響く声でいった。

なるほど。今日の臨時議会はそのためか。であればおそらく代理はミルドレッド皇女か、もしくは高位の皇族だろうと貴族たちが納得したときだった。

「陛下とわたくしの名代となるのは……」

ひときわ皇后が声を張り上げる。その言葉とともに議場の入口より現れた姿に、ざわめきは驚きをもっていっそう高くなる。

「エイベル皇子と、その婚約者たるアンジェリカ姫です」

それは、黒の礼装の皇子と、彼とともに歩む美しい赤毛の姫だった。

◆

「汽車に乗るのは初めてでございますですわ！」

マグナフォート中央駅のホームに立ち、アンジェリカは顔を輝かせる。

このマグナフォート中央駅は、テラフォルマ大陸南端の終着駅。

広々とした駅構内、鉄骨を張り巡らせたガラス張りのドーム天井、柱や壁の重厚かつ華やかな装飾と、宮殿のような建物だ。

壮麗な駅舎は、鉄道網の拡大に合わせて数年前に建設されたもの。鉄骨もレンガ壁もまだまばゆいほど真新しい。

ホームに停まる汽車も新造の車両。ぴかぴかの黒塗り機関車に、洗練された外装の客車。皇族が乗るとあって、国営の鉄道会社がわざわざ用意した車両だ。

アンジェリカの装いは、艶やかな帽子と外出用の細身のドレス。華のある彼女によく似合う。嬉しそうな様子もあいまってだれもの目を惹いていた。

「皇国にきたときはずっと窮屈な馬車の長旅で、一ケ月もかかりましたのよ。それが今回はたったの三日ですなんて」

「おれも初めて乗りますよ！」

護衛として同行するティモシーも、喜びにはちきれそうな顔で答えた。

「見てください、あそこに焼き立てパンの販売があります。あちらには揚げ菓子と熱い薔薇茶も。どれか買ってきましょうか？」

「いいですわね。数日といえど旅には違いございませんわ。楽しみのためにも腹ごしらえは必要でございますわよ」

「……姫君、ティモシー」

アンジェリカの隣に立つエイベルが、ふー……と深く吐息する。

今日も彼は黒の装い。シンプルで洗練された服で、動きやすく涼しそうだが、これから向かうノルグレンは春も半ば。この格好では夜に寒くなりそうだ。

「はしゃぐのは感心しない。これは単なる外遊ではないんだ」

エイベルが冷静に釘（くぎ）を刺すと、アンジェリカは唇を尖らせた。

「わかってますですわ。きちんと名代としてのお役目は果たしますわよ」

ふたりは意味ありげに目線をかわす。

アンジェリカの祖父の手紙でも知らされた〝立太子の儀〟。挙式はまだでも、皇帝の名代としてアンジェリカがエイベルと列席すれば、ふたりの関係も両国の同盟も良好で健在だとアピールできて、ノルグレンとの緊張は避けられる。

舞踏会で皇后の身を守った功績と、ミルドレッド皇女の口添えもあって、エイベルは皇帝代理である皇后より一時的に蟄居の身を解かれていた。

「正直、オリガ女王の権威失墜の苦境を救うのは癪に障りますけれど」

これ見よがしにアンジェリカは吐息する。

「両国の無駄な緊張が回避できるなら、いた仕方ございませんですわ」

「よほど苦手のようだな」

いかにも不愉快そうなアンジェリカに、エイベルは淡々と返す。

「当たり前でございますわよ。勝手に手駒として扱われて、しかも今度は内政のごたごたを他国に押し付けてくる。好かない理由しかございませんわ」

「買ってきましたよ、三人分！」

ティモシーが揚げ菓子の紙包みと、小さなお盆に載った素焼きのカップを持ってくる。カップからただよう薔薇茶のいい香りに、エイベルが渋い顔をした。

「車両には食堂車がある。ここで買う必要はない」

「まあまあ、殿下。これも楽しみのひとつですって」

あくまでお堅い皇子にほがらかなティモシー。本当に対照的な主従だなあ、とアンジェリカはおかしくなる。

「物見遊山の気分はそこまでだ。行くぞ」

エイベルはさっとお茶のカップをひとつ取って背をひるがえした。なんだ、結局自分もお茶を飲むんじゃないかと、ますますおかしくなる。

「まいりましょうか、ティモシー。わたくしも一杯、薔薇茶をいただきますわ！」

華やぐ声でカップを取り、アンジェリカも彼につづいて客車へ乗り込む。ティモシーもお盆と揚げ菓子を手にあとを追った。

「姫君の侍女どのもご一緒できたらよかったんですけどね」

「ええ、ご両親への言伝とお土産は預かってまいりましたけれど」

メルは皇子宮で留守番。皇室側から相応の人員を配備すると断られている。支度は自分でできるが、心の底では彼女も連れてきたかった。とはいえ、今回の旅でなにがあるかわからない。メルを置いてきたのは、その懸念のためもあった。

客車内のアンジェリカとエイベルの個室は、まるで宮殿のようだった。

最上級のコンパートメントは車両のほぼ半分を占め、ゆったりしたソファとテーブルのある居間、浴室や洗面台までついている。もちろん、寝室も。

「……ダブルベッド」

寝室の入口でぼう然と立ち尽くすエイベルの背中に、アンジェリカが声をかける。

「殿下、客車内は暑いですわ。コートを脱がれたほうがよろしくてよ」

「君はなんとも思わないのか!?」

「なにをでございま――」

といいかけて、アンジェリカはダブルベッドを前にやはり立ち尽くす。見る見るうちにその耳が、頬が、薔薇色を通り越して真っ赤になっていった。

「僕は居間で寝起きするから、君は寝室を自由に使いたまえ」

エイベルがぎこちなく咳払いすると、アンジェリカはあわてて振り返る。

「いっ、いいえ、わたくしなんてソファで充分に寝られますですわ！」

「駄目だ。姫を寝心地の悪いソファになど寝かせられない」

「子どもころのベッドは床に板を延べただけでございましたわ。ソファなんてわたくしには王侯貴族の仕様でしてよ」

「君の野性自慢はさておいて、とにかくベッドは使いたまえ」

「野性自慢ってなんでございますの、野性って！　第一、広すぎて落ち着きませんわ、ダンスの稽古だってできそうじゃございませんの」

「君は寝ているときも戦車なのか、ずいぶん勇猛だな」

「姫君、殿下、この揚げ菓子大変美味しいですよ」

ティモシーが菓子の袋を手にやってくると、背後できょとんと首をかしげた。

「どうされました、おふたりとも。首筋まで真っ赤にされて」

「なんでも」「ございませんですわ！」

「失礼いたします。ミルドレッド皇女殿下より、電文書です」

間もなく発車という正午過ぎ。客室のドアのノックにティモシーがドアを開けると、中年の車掌が深々とお辞儀して一枚の用紙を差し出す。

「皇女殿下のご意向により解読はせず、原文をそのままお渡しいたします」

この時代、マグナイト鉱石を用いた発電により、様々な技術が発展している。遠方へ瞬時にメッセージを送る電文もそのひとつだ。

だが文字そのものを送るには至っておらず、簡素な符号を用いての文面で、オペレーターが解読して書き直すか、受取人が解読法を学んでおくしかない。

「早馬ではなく電文か。よほど緊急の用件なのか？」

ソファに座るエイベルはティモシーから電文書を受け取って眉をひそめた。初めて目にする技術にアンジェリカは好奇心に目を輝かせ、後ろからのぞき込む。

「これが電文でございますのね！　うわさだけは耳にしておりましたけれど、初めて見ますわ。なんて書いてあるのか、殿下は読み解けますですの」

「侍女長から学んでいる」

端的に答え、エイベルは電文書に目を落とす。とたん、目に見えて美しい顔がこわばった。アンジェリカとティモシーは、はっと身を乗り出す。

「……〝キヲツケラレタシ〟」

エイベルが固い声で文面を読み上げる。

「〝レッシャニ　フタツノテキ〟」

第八章　わたくしの働き、どうぞご覧になって

客車の通路を、白い布をかぶせたワゴンを押して給仕が歩く。

白に金の縁飾りの制服と制帽の給仕は、銀水晶のシャンデリアが下がる豪奢な食堂車を通り抜け、ラウンジの車両へと入る。

対面式で、革張りのゆったりしたソファとオットマンを備えた優雅なラウンジは、上流階級が会話を楽しみながら交流する社交場だ。

だが、せっかくの交流の場なのに客の姿はなく、がらんとしている。

この列車は、アンジェリカとエイベル一行の貸し切りだからだ。

主賓ふたり以外の乗客は、エイベル専属騎士のティモシーと、皇室からつけられた護衛六名。それ以外は乗務員のみ。

機関車含めて全九両。二号車が乗務員用、三号車が食堂車、四号車がラウンジ。五、六、七、八、九と客車で、最後尾が展望車。

エイベルとアンジェリカ専用のスイートルームは、ほぼ真ん中の六号車。隣の五号車はティモシー、それ以外は護衛兵たちに宛がわれている。

この時代の列車は大型馬車が基準となって発展したために車高が高く、側面に乗り込むためのステップが全長にわたって設置されている。その全長はさほどでもなく、人間が二十歩も歩けば横断できる長さだ。

皇都からノルグレン王都までの特別直行便。夜の九時に皇国の補給駅に停車し、明け方に両国中間の中立国の領内を十数分ほど通過したのち、ノルグレンの補給駅ふたつに停車して、三日後の朝に王都着の予定だ。

ほぼ、走る密室といっても過言ではない。

ワゴンを運ぶ給仕は、赤い絨毯が敷かれた通路を通り抜ける。

窓の外は夕暮れ。車内はマグナイト灯が点灯している。機関車はかなりの速度を出していて、給仕が歩む足元もしきりに揺れて、ワゴンはがたつく音を上げる。

「お夕食でございます」

エイベル皇子夫妻のコンパートメントの扉を、給仕はノックする。

「……入れ」

くぐもる声が答えた。給仕は扉を開くと、ワゴンを押して入室して一礼する。広い個室に置かれた対面式のソファに背を向けて座る銀の髪が目に入った。

エイベル第一皇子だ。彼は国営発行の新聞を広げて読みふけっている。ほかには、だれの姿もない。この居間には皇子ひとりのようだ。

「妃殿下と護衛の方は、どちらにいらっしゃいますか」

「彼女は護衛と一緒に後方の車両を見物に行った。もうすぐ戻る」

給仕はうなずき、ワゴンを押してソファ近くに歩み寄ると、身をかがめてそっと白い布をまくり上げる。かと思うと、ワゴンの下からナイフを取り出した。

そして背を向ける皇子の首筋に刃を当てた。

「動くな。立って寝室のバスルームへ……」

だが次の瞬間、ふっと皇子の体が滑るように下がった。

「わあっ！」

いきなりソファが跳ね上がってぶつけられ、給仕が吹き飛んだ。「殿下！」寝室に隠れていたティモシーが現れ、床に倒れる給仕に馬乗りになって叫ぶ。

「殿下のお命を狙うとは、だれの命令だ！」

給仕は唇を引き結んで無言。床に転がる両刃のナイフにエイベルがつぶやく。

「下町と皇宮で襲撃してきた傭兵団の一味か。ティモシー、どうせ尋問しても無駄だ。制服を脱がせて拘束し、浴室に閉じ込めろ。それと」

扉口に目をやり、眉をひそめる。

「旅の初日に襲撃する性急さが気になる。外に出て探るぞ」

「よろしいのですか、敵がどうひそんでいるかもわからないのに」

「どうせ走る棺桶のようなものだ、隠れるにも限度はある」

ならば、と青い瞳を冷ややかに光らせ、エイベルはいった。

「籠城で死んでたまるか。打って出て敵の狙いを見極める」


アンジェリカはひとり、車内を探索していた。

身に着けているのは皇国の護衛兵用の軍服。金糸のボタン付きジャケットに長ズボン、そして帯剣。そこそこ上背のあるアンジェリカだが、さすがに体つきは男性兵士よりも華奢で、違和感は否めない。それでも一見してノルグレンの庶子姫とわからないのが重要だ。目立つ赤毛もまとめて軍帽のなかに隠している。

軍服は軽量で動きやすく、袖を通してたちまち気に入ってしまった。このままノルグレンに乗り込んでみたい。もっとも、無事に生き延びられたらの話だが。

〝レッシャニ　フタツノテキ……〟

ミルドレッドの警告を思い返す。

二種類の敵。それはどんな相手なのか。

投資に長けているミルドレッドは、利益を回収するためにもアンジェリカたちに生き延びて欲しいはず。ならばあの情報はきっと正確。とはいえ、あまりに具体性に欠けている。敵の正確な狙いと計画が見えづらい。

(少し整理してみよう)

アンジェリカは通路のどちら側からだれが入ってこようと見張れる位置で、コンパートメントの扉にもたれて考え込む。

ミルドレッドいわく、エイベルは自分亡きあと、遺産を侯爵以上の貴族に譲るつもりだと遺言状に記したという。その貴族がだれかは不明。

だから貴族たちは互いにけん制し合い、エイベルを取り込むために花嫁を送り込んだ。むろん、だれもが追い出されて破談にされてしまったけれど。

〝母殺し〟の皇子に蟄居を命じた皇帝が病の床につき、代理で権力を握った皇后の采配で、皇国はノルグレンと同盟を組んだ。そして輿入れしてきた破天荒な姫を、エイベルはいままでと違って気に入っている。

傍(はた)からすれば、皇室派に取り込まれたとみなされてもおかしくない。

それに危機感を覚えた貴族たちが、結託したなら?

だれに遺産が渡っても公平に分配されるように、協定を結んだなら？

皇室派といわれていた政務大臣と、貴族派代表の軍務大臣が通じたのなら。

つまり――敵のひとつは間違いなく、マグナフォート皇国の貴族たち。

皇后は、ノルグレンからの圧を逃すためにも、この外交訪問を成功させたいはず。

阻止するなら、敵国に入ってからよりも、走る密室である列車内のはず。

要するに……警護として送り込まれてきた兵は、貴族派の手の者である線が濃厚だ。

軍務大臣なら手配もかんたんだろう。

アンジェリカはぞっとする。

すでに敵は、もう仕掛けていてもおかしくはない。逃げ場のない狭い車両内、乗務員もいるのに、六名の武装した兵と戦わなくてはならないのか。

しかし、それならもうひとつの敵は――？

そのとき、機関部側の引き戸の向こうから話し声が聞こえた。アンジェリカがきた方角と反対側だ。とっさにコンパートメントの扉を開けてなかへ入る。

引き戸の開く音、次いでふたり分の足音と声が外から聞こえてくる。そっと扉を開いてうかがうと、乗務員の制服を着た大柄な男ふたりが通り過ぎていく。

「……給仕役はどうした。まだ報告に来ないぞ」

「様子見のはずが、逸って先走ってねえだろうな……」

アンジェリカは凍り付いた。

国営の鉄道運営会社は、上流階級の客を相手にしている。いまの話し方の粗野な様子、とてもそういう会社の乗務員とは思えない。まさか、貴族派に送り込まれたのは警護兵だけではなく、乗務員もだというのか。

つまり、敵の数は倍。いまの話だとすでに行動は開始されている。アンジェリカは扉の陰で唇を噛み、いますぐエイベルのもとへ駆け戻りたい衝動をこらえる。

落ち着け、彼は生半可な相手にはやられない。ティモシーも一緒だ。

自分がいまやるべきことは——と必死に考える。

どんな場所にも、チームをまとめて指揮するリーダーがいる。まずは、その襲撃者たちのリーダーを突き止めて抑える必要がある。

念のため、列車内の車両編成は頭に叩き込んであった。

十両編成、機関車のほか客車は五つ。食堂とラウンジは三号車と四号車。アンジェリカとエイベルの特別貴賓室は六号車。二号車は乗務員用、最後尾は大きな窓のある展望車で、流れる景色を眺めながらゆったり過ごせる場所だ。

こんな状況でなければ鉄道の旅を楽しめたのに。

などと惜しく思う気持ちを振り捨て、アンジェリカは個室から忍び出て、いま通り過ぎたふたりのあとを追う。

〝給仕役はどうした。まだ報告に……〟

報告すべき相手がいる場所。すなわちそこがリーダーのいる場所だ。

アンジェリカは足音を忍ばせて無人の七番目の車両を通り抜け、八番目の車両のドアへ近づく。と、いきなりドアが開いた。

「っ！」

お仕着せの制服を着た乗務員が現れる。はっと息を呑んで足を止めると、乗務員も制帽の下で身を固くした。

「どう……されたんです。護衛兵方の客室は、七両目ですが」

戸惑い気味に乗務員が問いかける。ん？　とアンジェリカはいぶかしく思った。いまの質問、護衛兵と乗務員とは仲間同士ではないのか。先ほど耳にした会話からすれば、敵は乗務員に扮しているのは確実なのに。

だが、口を開けばこちらが女性だとわかってしまう。アンジェリカは迷うが、相手の正体を見極める好機だと思い直す。

「任務の車内点検だ。そこを通してくれ」

「その声……！　女か？　護衛兵の名簿には女などいなかったぞ！」

驚いて乱暴な口調になる乗務員に、アンジェリカは冷静に返す。

「アンジェリカ姫のための特別護衛だ。いいからわたしを通せ。殿下たちの安全の確認のために、車内をくまなく点検する必要がある」

「駄目だ。点検など必要ない」

「乗務員が、なぜ客の要求を拒む？」

強く問いただせば相手はいいよどむ。ずい、とアンジェリカは一歩進んだ。

「通ってかまわないな。失礼する」

「す、少し待て。確認してくるから……」

といって乗務員がひるんだとき、背後でドアが開く音がした。

「おい、なんのトラブルだ」

呼びかける声に、はっと振り返る。

機関部側から軍帽を目深にかぶった護衛兵が現れた。前後に挟まれる形になって、アンジェリカはとっさに展望車方向へ走る。

「くそ、最後尾へ行かせるか！」

行く手にいる乗務員が叫んで向かってきた。

アンジェリカは鋭いまなざしで突進、相手の直前で身をかがめ、その勢いを流すように腕をつかんで体を背後へ投げ飛ばす。

不様な叫びとともに乗務員はもんどりうって倒れ、背中をしたたか打って息を詰める。その隙をついて後方へのドアを開く。

「待て！」

倒れた乗務員を飛び越え、あとからきた護衛兵が追いすがる。

アンジェリカの軍服の襟がつかまれた。すかさず身をよじり、振り返って立て続けにけん制のこぶしを食らわせる。相手は両腕を掲げて防ぎ、逆にこぶしをふるってきた。それを巧みなステップでかわし、あごへ殴りかかる。

「うぐっ！」

まともに食らって相手がよろけ、アンジェリカはバックステップで離れる。その拍子にかぶった軍帽が外れ、ぱっと赤毛が宙に広がった。

「なっ、赤毛……まさか」

護衛兵が息を呑んだ。しまった、バレた。そう思ったとき、相手は周囲をきょろきょろと見渡し、近くの個室の扉を開けてなかへとあごをしゃくる。

「こっちだ、急いでください！」

なぜ、と眉をひそめると、護衛兵は軍帽をちらと上げた。

アンジェリカは虚をつかれ、思わず声を上げる。

「あなたは……グリゴリ伍長！」

軍帽の下の顔は、ノルグレンの護衛隊長だった。アンジェリカが渡した路銀と荷物を持って失踪したと思ったのに、なぜこの列車に乗っているのか。

「話があります。だが時間がない、早く」

一瞬迷うが、腹をくくって個室へ入る。グリゴリはすぐさま扉を閉めた。ふたりきりになると、即座に彼は口を開く。

「あなたには一度助けられた。だからその恩義を一度、返します」

「なに、どういうこと……」

「この列車には皇子の命を奪おうとする、俺たちノルグレンの手の者が乗っています。ノルグレンのお偉方が皇国の重鎮と計って、俺たちをこの列車に乗せたんです。その重鎮もお偉方も、下っ端の俺にはだれかはわからんですが」

——ノルグレン。

「ま、待って！」

アンジェリカは混乱に首を振る。

「乗務員だけじゃなく、護衛兵もノルグレンの手先なの？」

「乗務員？　いや、俺たちの仲間は護衛兵だけですが」

「でもいま、乗務員もわたしに襲いかかってきた。あなたも見たよね」

といって、アンジェリカは目を大きく見開く。

ふたつの敵。もしやそれは、護衛兵に扮したノルグレンの豪族の刺客と、乗務員に扮した皇国の貴族派の手先ということか。でも、なぜ？　皇国の貴族とノルグレンの豪族の目的は、エイベル暗殺で一致するはず。

それなのに、どうして対立するように、それぞれ刺客を送り込んだのか——。

「くそ、どこに消えやがった、あの女！」

外の通路を罵声が通り過ぎる。先ほど投げ飛ばした乗務員のようだ。グリゴリは青い顔で扉を見やると、焦る声で話をつづける。

「ノルグレンの領内で皇子が命を落とせば外交問題になる。立太子の式の賓客ならなおのこと、大きな騒ぎになっちまいます。だから、どうにか最初の補給駅か、国境を越えるまで生き延びて逃げてください。俺たちは……」

固唾を呑むアンジェリカに、グリゴリは深刻な顔で告げる。

「皇国の領内で、是が非でも皇子を殺さなきゃならんのです」

エイベルは給仕の制服に身を包み、制帽を深くかぶって、ワゴンを押して歩いていた。そのかたわらを、ティモシーが緊張の面持ちで歩んでいる。

ふたりは給仕を浴室に閉じ込めたあと客用に受け取っていた鍵で施錠して、状況を探るべく貴賓室をあとにしたのだ。

◆

ふたりの行く先は食堂車。エイベルを襲った給仕の仲間がいるなら、まずそこだろう。しかし五号車に入ったとたん、廊下にたむろする護衛兵三人に出くわした。

「どこに行く、ティモシー。殿下たちの護衛はどうした」

見とがめられて、ティモシーは困り顔で頭をかく。

「食堂車に行くんです。ええと、その」

「……夕食がお口に合わなかったようです。姫君は車内を散策に出られました」

制帽の下からエイベルがぼそりと答えた。護衛兵は呆れ顔で肩をすくめる。

「お偉いお方は口が奢ってるときた。じゃ、いま殿下ひとりなんだな？」

護衛兵三人の目が不穏に光る。

「おい、おまえたちは皇子の護衛に行け。俺はこいつらと一緒に食堂車へ行く」

兵のひとりが告げると、ふたりは六号車の貴賓室へと歩き出す。

焦り顔になるティモシーを給仕に扮したエイベルが目顔で抑え、ふたりは護衛兵のあとについて列車の進行方向へと歩んだ。

一行は四号車のラウンジへ入る。美しい内装にゆったりとしたソファ、輝くグラスの並ぶカウンターバーと、見るからにハイクラスの客向けの車両だ。

「……ふん、皇国のやつら気取りやがって」

護衛兵はぼそりとつぶやくと無人のバーに近寄って棚の酒瓶を取り出し、勝手に栓を開けた。制帽の下から無言で見つめる皇子に、護衛兵は瓶を掲げる。

「なんだ、そっちも飲むか？　いいだろ、だれもいねえんだから」

皇子とティモシーが首を振れば「真面目だな」と兵は嘲笑って酒をあおる。

「ふぅ、味はわからんが濃厚だな。お高い匂いがしやがる」

何度かぐいぐいとあおってからこぶしで乱暴に口元を拭い、兵は瓶をカウンターに置くと、布をかぶせたワゴンに向けてあごをしゃくる。

「皇子さまのお口に合わなかった飯が入ってんだろ。少し食わせろ」

「いえ、皇子がお怒りで窓より捨てられてしまったので」

給仕姿のエイベルの返事に、ち、と護衛兵は舌打ちをする。むろん、これはうそだ。ワゴンのなかは最初から空っぽだった。

三人は三号車の食堂車へと足を踏み入れる。きらびやかなシャンデリアの下を、護衛兵とティモシーに挟まれた皇子は、うつむいてワゴンを押す。

「えっと……どうしたんですか」

奥の調理スペースより、不安そうな顔のコックが現れた。それはそうだろう、送り込んだはずの刺客が、護衛兵と守護騎士に挟まれて戻ってきたのだから。

「夕食が皇子さまのお口に合わなかったんだとよ」

「なっ⁉　まさか、そんなはずは」

コックは驚きの声を上げる。口に合うも合わないもない、ワゴンのなかに料理など入れていなかったのだから。ますます不安そうにコックは給仕に目をやる。

「おい、ちょっとこっちにこい」

コックは給仕ことエイベルに手招きする。しかし歩き出そうとしたとき、護衛兵が片手を伸ばして押しとどめた。

「ちょっと訊きてえんだが、乗務員は運転の機関士と副機関士、車掌、おまえらコックと給仕、客室係四名。合計九名でよかったんだよな？」

「え、ええと、はい、そうです」

コックは狼狽の顔でうなずいた。

「じゃあいま、機関車には機関士二名がいるとして、奥の二号車の乗務員車両には、乗務員は何人乗ってる？」

「いま、ですか。いや……二号車には、だれも……」

コックが目を泳がせて答えると、護衛兵はそうか、と大きくうなずく。かと思うといきなり給仕姿の皇子の首に腕を巻き付けて拘束し、大声で恫喝(どうかつ)した。

「動くな！　でないとおまえの仲間の頭を撃ち抜く」

ふいに護衛兵は筒状の武器を軍服のジャケットの内から取り出し、エイベルの頭に突き付ける。横目で見て、エイベルは身を固くした。

（これは……短銃か⁉）

この時代、長銃は戦争に利用されていたが、短銃はまだ珍しかった。

マグナイト需要で潤う前は衰退の一方で、戦争できる財政状況ではなかった皇国では、古い型の長銃が一般的。やっと軍の装備が整えられるようになったとは聞いていたが、高価な短銃を護衛兵が持てるほどだったのか。いや、持つなら目に見える抑止力として腰にでも提げていたはず。隠し持っていたということは……。

ミルドレッドの電書文にあった〝列車内の二つの敵〟。

使用したナイフからすれば、給仕とその仲間のコックは傭兵団のはず。そして目の前の護衛兵も敵というわけだ。しかも、両者は別々の勢力らしい。

「よし、よし。いい子だな。おい、コック。ティモシーもだ」

護衛兵は短銃を振って前方の二号車を指し示す。

「俺と一緒に乗務員スペースに入れ。なにがあっても声を出すなよ」

エイベルは護衛兵の腕のなかで酒の臭いを感じ取る。いくらか酔って尊大になっているようだ。躊躇(ちゅうちょ)して前に出ないティモシーに、兵は怒鳴った。

「早くしろ、おまえから撃ち抜いてもいいんだぞ！」

兵がティモシーに銃口を向けた瞬間だった。

「くそ、そいつの命なんざどうでもいい！」

コックがごつい包丁を振りかざして襲ってくるのと、エイベルが護衛兵の足を思いきりかかとで踏んづけるのとが同時だった。

ぐぁ、と護衛兵がうめいてバランスを崩す腕をつかみ、腰を使って跳ね上げ前方に投げ飛ばす。向かってきたコックに兵の体がぶち当たった。すかさずティモシーが動き、床に落ちた短銃と包丁を取り上げる。

護衛兵とコックが折り重なってもたもたしているのを、エイベルは見下ろす。

「今度はこちらが命じる。動くな」

ティモシーから短銃を受け取り、銃口を向ける。この武器に触れたことはないが、長銃と仕組みがおなじなら、おそらく引き金を引けば弾が出るはずだ。

その背後で、ティモシーもにやっと笑って大包丁を掲げ、腰の剣の柄をもう片手で叩く。護衛兵もコックも凍り付いて床で動けなくなった。

「くそ、皇子の部屋が開かない。見張りでひとり残したが……」

だが後方から怒鳴り声が現れる。貴賓室へ向かった護衛兵のひとりだ。

食堂車の惨状を見たとたん、ふたりめの兵はやはり硬直する。エイベルは念のため制帽を深くかぶって正体を隠し、短銃を掲げて見せた。

「ここは制圧した。死にたくないならそこで止まれ」

「お、おまえ……どういうことだ」

護衛兵はうろたえる。そのあいだティモシーは、床に重なって倒れるふたりの首筋に腰の剣を抜いて刃を当てていた。

臆して一歩引く扉口の護衛兵に、エイベルは冷ややかにいう。

「どうやら、皇子を狙う二種の勢力がいるらしいな」

二種？　と相手は眉をひそめた。なにも知らない様子だ。

さて、とエイベルは短銃で狙いをつけたまま考える。先ほどの護衛兵のやり口を真似てともに二号車に閉じ込めるか。だがこちらは自分とティモシーのみ。

機関士と副機関士、車掌は専門の腕がいる。付け焼刃で習えるものではない、とすれば乗務員に扮した敵は客室係とコック、給仕の六名だろう。

給仕は浴室に閉じ込め、コンパートメントも外から鍵をかけた。そしてコックはいまここにいる。ということは、乗務員の敵は残り四名。

護衛兵は六名。外交訪問には少ないと思ったが、それだけの数しか送り込めなかったと見るのが正しいだろう。そしてここには二名、残りはおなじく四名。

「いや、二種じゃないな。皇子を狙うのは……僕たちを含めて三種だ」

エイベルは、扉口に立つ護衛兵に向けてはったりを口にしてみた。これもアンジェリカの大言壮語の影響かと胸のうちでおかしく思いながらも。

「目的が一緒なら、手を組まないか」

なに？　と扉口の護衛兵が目を剝くが、すぐに不審の想いもあらわに返した。

「確かに目的はおなじだが……タイミングが違えば変わる」

――タイミング？

ますますいぶかしさが増す。なんのタイミングでどう変わるというのか。

そのとき、扉口の護衛兵がはっと振り返る。と同時にその背後から、客室係らしき制服の男が勢いよく突進してきた。

「うわあっ！」

悲鳴とともに護衛兵が肩口を押さえてよろけた。両刃のナイフを手にした客室係の制服を着た男が、その背中を蹴り飛ばす。

たまらず倒れる護衛兵の体から客室係はナイフを引き抜く。彼が握るその刃は紅く染まっていた。おそらく、いま倒れた護衛兵の血だ。

「くそ、計画が台無しだ。なにをしてる、後ろのやつをやれ！」

客室係は怒鳴った。その呼びかけが自分と奥のコックへのものだとエイベルは気付く。どうする、と身構えたそのとき、

「うわあっ！」「うぁっ！」

突如、扉口の客室係の背中に新たな護衛兵が現れぶつかり、もろとも倒れる。

「なっ……アンジェリカ！」

目をみはるエイベルの前で、アンジェリカが美しい赤毛をひるがえし、風のように駆け込んできた。どうやら彼女は六号車にいた護衛兵を追いかけてきたらしい。

かと見るやいなや、彼女はテーブルに飛び乗ってシャンデリアに飛びついてぶら下がり、背後で起き上がろうとしたコックと護衛兵のあごを蹴り飛ばす。

「奥へ、機関部へ！」

アンジェリカが叫ぶ。あまりの華麗な動きに見惚れていたエイベルは我に返り、背をひるがえして二号車へ向かって走り出す。即座にアンジェリカもティモシーもあとを追った。走りながらエイベルが肩越しに振り返ると、背後では乗務員と護衛兵たちが互いにつかみ合うのが見えた。

二号車へ入って扉を閉める。無人の通路を走りながらティモシーが尋ねる。

「姫君、なぜ機関部なのです。行ってどうされるおつもりです」

「機関車を制圧されたら事故につながる。こちら側にいれば阻止できる」

アンジェリカが答える前でエイベルが機関車の扉を開ける。

なかは車両いっぱいを占領する稼働中の巨大エンジン。ひと一人通り抜けるのがやっとの狭い通路を三人は通り抜け、運転席の扉にたどり着く。

「失礼する、いまこの列車に危険が……っ！」

扉を開けてエイベルたちは硬直した。そこには肩口を切られてうずくまる副機関士と、機関士の首筋にナイフをつきつける制服の客室係がいたからだ。

コックは二号車にはだれもいないといったのに。いや、たしかに二号車には乗務員はだれもいなかった。いたのは機関部だ。

「な、なんだ、貴様らは！」

客室係は狼狽し、ナイフを握って襲いかかる。とっさにエイベルは紙一重で避け、ナイフを握る手をつかんでぐいと引き寄せ腹に強く膝蹴りを食らわす。

崩れ落ちる客室係の背をティモシーが容赦なく踏みつけて動きを封じるあいだ、エイベルは運転席でへたり込む運転士に制帽を小さく上げて尋ねる。

「どうした、なにがあった」

「で、殿下⁉　あ、あ、ありがとうございます」

皇子⁉　と床で倒れる客室係が顔を上げるが、ティモシーにいっそう強く踏みつけられて、ぐえ、とうめいた。

「いきなりこの客室係が入ってきて、副機関士に切り付けたんです。そして、最初の補給駅には止まらず、燃料が切れるまで走らせろと」

「燃料切れまでどれくらい走れる」

「九時に停車する補給駅で、マグナイトオイルの補充をする予定でした。それがなければ、ノルグレン領の最初の補給駅までたどり着けるかどうか」

エイベルは唇を引き結んで考える。

列車の運行スケジュールは念のため、頭に入れてあった。

夜の九時に、皇国の領内にある最初の補給駅に到着。二時間ほど停車して、機関士や乗務員の交代、物資やオイルの補給を行う。

明日の明け方、皇国とノルグレン両国の中立国を通過、その時間は十数分。

昼過ぎにノルグレンの補給駅に到着。ここでも二時間停車後、夜半過ぎに最後の補給駅に停車したのち、翌日の朝にノルグレン王都に着く予定だ。

エイベルは運転席に設置された懐中時計を確認する。時刻は間もなく午後の七時半。時刻通りなら補給駅まであと一時間半。

機関士が震えながら答えるあいだ、アンジェリカは傷ついた副機関士の前に膝をつき、着ていた上着をナイフで裂いて傷口を縛って手当てする。

その様に少し安堵しつつ、エイベルはさらに機関士に尋ねる。

「補給駅で救援要請を出したい。主要駅の近くには兵が駐屯しているはずだ」

「脅されてかなり速度を出したので、予定よりもずっと早く着くはずです。いまどの辺りを走っているかも不明で……」

「なぜ補給駅に止まらずに走れと命じた、客室係」

　エイベルの問いに客室係は目をそむける。そこへアンジェリカの声がした。

「国境を越える前とあとで、敵の目標が変わるんだ」

　なに、と目を向けるエイベルに、アンジェリカが説明する。

　護衛兵に扮したノルグレンの刺客は、皇国の領内でエイベルの命を奪いたい。

　一方、乗務員に扮した皇国の刺客は、ノルグレンの領内で仕留めたい。

　どちらもエイベルの死の責任を相手国に押し付けたいからだ、と。

「グリゴリはそう話してくれたの。その客室係が補給駅を通過させようとしたのは、一刻も早くノルグレンの領内に入りたいから」

〝……タイミングが違えば変わる〟

　護衛兵の言葉が脳裏によぎり、そうか、と納得が行く。

　給仕に扮した皇国の刺客が、すぐに殺さずバスルームへ入るよう命じたのは、皇国の領内を通過するまで身動きを封じたかったからだ。

　一方、護衛兵に扮したノルグレン側もエイベルの隙を狙っていた。できれば夜の九時前に事を済ませ、補給駅で降りて逃げたいはず。

　敵の狙いはわかった。しかし、ここを三人で死守するのは至難の業だ。いま食堂車で対峙している乗務員と護衛兵たちも、いつ機関部にくるかわからない。

「補給駅に停車中、車内の敵に気付かれないよう救援要請を出すしかないな」

「車掌がいれば、緊急時はマグナイト灯による暗号信号で合図が出せます」

エイベルの言葉に機関士が切り出す。

「車掌はどこにいる」

「乗車中は最後尾の展望車にいます」

「それなら、車掌もつかまってるはずね」

アンジェリカの言葉に、エイベルも機関士もはっとなる。

「最後尾には、乗務員に成りすました皇国側のリーダーがいるみたいだから。皇子暗殺の邪魔をさせないよう、グリゴリが手勢を連れて向かったけど」

エイベルは素早く考えをめぐらす。

食堂車での争いがどうなったかによるが、乗務員に扮した皇国側で拘束もされず無傷なのも残り四名。護衛兵に擬装したノルグレン側は残り四名。

双方の狙いが暴かれたいま、お互いが阻止し合って自滅してくれれば好都合だが、残り時間の少ないノルグレン側がさらなる暴挙に出る可能性がある。

「ティモシー、ここを守れ。絶対にだれも入れるな」

「……殿下、まさか」

「そのまさかだ。僕が直々に囮になる」

護衛騎士が緊張に顔をこわばらせる隣で、アンジェリカが立ち上がった。

「もちろん、わたしも行く！」

エイベルが目を移すと、意志に満ちてきらめく瞳が見返した。

ふと、ミルドレッドの狩場で怪我をしていた彼女の姿がよぎる。

エイベルの自由のために戦い、しかし弱った獣にとどめを刺せず、ただ自分が傷ついただけだった彼女。自分の理想と他人のために戦える強さがありながら、弱いものへの憐れみを捨てられない、心優しくも弱い彼女……。

脳裏に、血まみれで瀕死の母の姿がよぎった。とたん、体が凍り付く。

〝……沈黙が、貴方を救います〟

十三歳だったエイベルに、断末魔の息のなかで母は告げた。

〝どうか、生き延びて。わたくしの愛し子……〟

歯を食いしばり、母が息を引き取るのを見守った。

皇帝に「自分が母を殺した」と告げ、すべてを呑み込んで蟄居して六年。胸のうちで憎しみと復讐の想いを育て、息をひそめて牙を研いできた。

だがそこに現れた、炎の薔薇のごとき姫。

エイベルが鎧う氷を溶かし、内なる情熱に火をつけるような──。

アンジェリカを見つめるエイベルの心にひるみが生まれる。

ここから先は、いっそう悲惨な場になるはずだ。追いつめられた敵はエイベルを殺すために死に物狂いになるはず。心優しい彼女は、たとえ殺されかけようと敵の命は奪わずに無力化しようとするはずだ。

その優しさで、またあの狩場のときのように怪我をしたら……。

恐れに心が冷える。エイベルは奥歯を強く嚙みしめる。

しかしこの状況を打破しなければ、お互い八方ふさがりなのは明白。そしてこの場では、ティモシー以外には彼女にしか頼れない。

「ならば、君にはこれを。扱えなくても……抑止にはなる」

懐に入れていた短銃を、エイベルは差し出す。アンジェリカは受け取って、手のなかでひねくり回した。

「短銃ね、撃ち方は知ってる。祖父のところにきていた革命家と武器職人が教えてくれたの。エイムはそんなに巧くないけれど」

「君こそなんでもできるのだな」

苦笑して、すぐにエイベルは顔を引き締めた。

「協力はありがたい。だが、絶対に無謀な真似はしないでくれ」

「それは命令？　命令なら聞かないけど」

「違う。……頼みだ」

エイベルの真摯なまなざしをアンジェリカも真剣な視線で見つめ返す。そして腰のベルトに短銃を差し込むと、ふっと笑った。

「尽力しますですわ、殿下」

◆

――現時点での車内の位置。
機関車：機関士、副機関士、乗務員ひとり（拘束中）、ティモシー。
三号車食堂：コック、乗務員ひとり、護衛兵ふたり。
六号車貴賓室：乗務員ひとり（バスルームにて拘束中）。
七号車以降：グリゴリ、護衛兵三名。
最後尾展望車：車掌、乗務員リーダー、乗務員ひとり。
乗務員に扮した貴族派の敵は六名、護衛兵に扮したノルグレンの敵も六名。

　アンジェリカとエイベルが戻った食堂車は、惨憺たる有様だった。

　よほど激しくノルグレン側と皇国側の刺客はやり合ったらしい。床には給仕係と護衛兵ひとりが倒れている。コックと、もうひとりの護衛兵はどこに行ったのか。

　アンジェリカは声を呑み、床に倒れる彼らに駆け寄って脈を確かめる。

「……だめ、息がない」

「自分たち以外に僕の命を狙う者がいて、どちらも焦っているようだな」

　命を狙われているとも思えない冷徹さだ。アンジェリカは唇を噛んで立ち上がる。

　そこにエイベルがさらに言葉をかける。

「君は敵の死にも胸を痛めるのか」

「……だって、彼らは命じられただけだ」

「敵に憐れみをかけるなら生き延びてからにしろ」

　端的で容赦のない言葉にアンジェリカは目を伏せ、走り出すエイベルにつづく。前を行く振り向かない背中に、腰の短銃を意識する。

　自分の命を囮にするのをためらわない豪胆さ、その冷徹さ。アンジェリカよりも年下なのに、どうしてこんなに自分を切り捨てられるのか。

胸が痛むのは、先ほど目にした失われた命のせいか。それとも、もしも彼がおなじ目に遭ったらという恐れのためか。その感傷に、べつの懸念が入り込む。

いまグリゴリはどこにいるのだろう。アンジェリカに話をしたあと、彼は「通路を後方へ向かう足音がするまで出るな」といい残して個室を出ていった。ほんの一分か二分後、ばたばたと足音が過ぎて行った。

おそらく、あれがグリゴリと仲間の護衛兵たち。

彼らの行く先は最後尾の展望車以外にない。そして展望車には車掌と、皇国側の刺客のリーダーが乗っていると思われる。

グリゴリは自分たちの目的と対立する彼らを排除しにいったに違いない。それがアンジェリカに味方するためだと思いたいのは、楽観的か。いや、排除目的なら、緊急信号が出せる車掌の身も危ない。

「！」

しかし七号車の扉を開けた瞬間、血に汚れてぐったりしたコックに馬乗りになる護衛兵に出くわした。護衛兵は、はっと頭を上げる。

「おまえ、エイベル皇子⁉」

とっさにアンジェリカは壁を蹴りつけ、エイベルをかばって前に飛び出る。

護衛兵が体勢を立て直す前にあごへ蹴りを食らわせ、崩れ落ちるそこへ再度腹へ膝蹴りを食らわせた。護衛兵は床に膝をついてうずくまる。

ふいに近くの個室の扉が開いてエイベルの目の前に護衛兵が飛び出す。

「まだいたの⁉」

アンジェリカの叫びにかまわず、護衛兵は短銃をかまえる。

黒々とした銃口がエイベルに向けられた。

だがエイベルは突進、護衛兵が引き金を引く前にその腹へ抱きつくように押し倒す。

ダン、と銃声が響き銃弾が天井へ食い込んだ。

アンジェリカが床に倒れた護衛兵の手を蹴り上げ、宙へ浮かぶ短銃をつかんだ。その隙に最初の護衛兵が立ち上がって後方へ走り出す。

アンジェリカは振り向き、短銃を撃った。当てるつもりはない、威嚇だ。

護衛兵の足元の床、八号車へ通じる扉に弾は当たった。護衛兵は一瞬足を止めるが、必死の様子で扉に飛びつき、引き開けて逃げていく。

追いかけようか迷うが、皇子をひとりにはできない。即座に振り返り、エイベルとくんずほぐれつ格闘する護衛兵の頭に短銃を突き付ける。

「動かないで。こっちには二丁ある」

くそ、と護衛兵は吐き捨てて動きを止める。アンジェリカとエイベルは護衛兵のベルトを使い、ふたりがかりで拘束して、七号車の個室に放り込む。

ぴしゃりとドアを閉めると、アンジェリカは不安をにじませていった。

「ひとり逃したね。ここに殿下がいるのはもうバレてる」

「最後尾がどうなっているか、様子もわからないまま突入は無謀だな」

開け放たれたままの八号車の扉を見る。

その向こうの九号車の扉は半ば開いているが、最後尾までは見通せない。足元は揺れていて、機関車は走り続けているのがわかるが、補給駅は通り過ぎてしまったのか、それともまだなのかもわからない。

「拘束より、命を奪うほうが邪魔される危険性は減るな」

いま拘束した護衛兵を閉じ込める個室の扉を見やり、エイベルがつぶやく。

はっとアンジェリカが見返すと、彼は最後尾の方角を見て嘆息する。

「だが、死体が増えればそれだけ面倒が増える」

「……ありがとう」

「君が礼をいうことではない。獣すら殺せないのはどうかと思うが」

皮肉だが思ったよりも優しい響きだった。アンジェリカは目を伏せて答える。

「その分、働くよ……じゃなく、働きますですわよ」

く、とエイベルが噴き出した。

「あれだけ勇ましいことをしておいて、いまさら姫ぶらなくてもいい」

「なんですって、勇ましい姫がいてもおかしくはございませんですわよ」

「たしかに。それはそうだ」

ふたりは場の状況も忘れ、一瞬目を見交わしてふ、と笑い合う。それから顔を引き締め、揺れる床の向こうの最後尾を見やる。

「展望車の敵、わたくしにやらせていただきませんこと」

なに、と目を向けるエイベルに、アンジェリカは嫣然(えんぜん)と笑った。

「いいましたでしょ。その分働きますですわよ、って」

第九章　その同盟、喜んでお受けしますわ

――現時点での車内の位置。
機関車：機関士、副機関士、乗務員（拘束中）、ティモシー。
三号車食堂：乗務員（死亡）、護衛兵（死亡）。
六号車貴賓室：乗務員（バスルームにて拘束中）。
七号車：コック（死亡）、護衛兵（拘束中）。
最後尾展望車：車掌、乗務員リーダー、乗務員ひとり、グリゴリと護衛兵三名。

……最後尾の展望車は血に汚れていた。

暗いまなざしをしたグリゴリの足元には、短銃で撃たれ、剣で斬り捨てられた乗務員の死体が転がっている。目の前には、肩口を撃たれて戦意を失った乗務員側のリーダーと、頭を抱えてうずくまってがたがた震える車掌がいた。

「や、やめろ」

リーダーは窓際に張り付き、わななく声でグリゴリにいった。

「狙いはおなじ、皇子の命だろ。だったらこんなことする必要は……！」

「おまえらは金で雇われた傭兵なんだろうが」

不穏なまなざしのグリゴリの背後で、護衛兵三人が剣呑な空気をまとって立つ。怯えるリーダーをさらに威嚇するように。

「こっちは金で贖えないものを質に取られてる。邪魔されてたまるか」

銃声が響いた。

リーダーは床に崩れ落ち、ひぃ、と車掌が悲鳴を上げて頭を抱える。

「グリゴリ、急げ。皇子とあの女がすぐ近くまできている」

七号車から戻った護衛兵が声をかける。ほかの護衛兵も勇んでいった。

「ああ、邪魔者らは片付いた。これで心置きなくやれる」「あっちはふたりしかいない。四人でかかればできる」「しかも片方は女だしな」

「その女にむざむざ銃を奪われたんだろうが」

暗い声でグリゴリは指摘する。護衛兵たちは押し黙った。

「だが時間がない。やけに機関車が速度を出してるのも気になる」

グリゴリは虫のように丸まって震える車掌に歩み寄る。

「おい、補給駅到着は九時だったな」

「は、は、はい……」

「車掌なら時計はあるな。見せろ」

グリゴリは車掌の懐を強引に探り、懐中時計を奪う。時刻は間もなく八時。

「予定ならあと一時間。それまでに片付けて駅を突破して逃亡だ」

護衛兵たちはうなずく。戸口近くにいた護衛兵が九号車へ通じる扉を引き開け、そのあとをグリゴリと残りの護衛兵がつづいた。

そのときだった。

ふいに天井の通気口が踏み破られ、アンジェリカが飛び降りて銃を向ける。

先頭の護衛兵が一瞬ひるんだ隙に、耳に痛い発砲音が響く。

「うあっ！」

先頭の護衛兵は足の甲と膝を撃ち抜かれてくずおれた。即座にアンジェリカは身をひるがえして走り出す。

「くそ、追うぞ、グリゴリ！」

護衛兵ふたりが走り出す。

グリゴリはぎっと歯を食いしばると、あとにつづいた。

揺れる九号車を、赤毛をひるがえしてアンジェリカが走り抜ける。そのあとをグリゴリたちは必死に追いかけた。アンジェリカは八号車に駆け込み、ぴしゃりと扉を閉める。護衛兵が飛びついて開いた。

「なに⁉」

だが目の前の通路は無人。はっと見れば外へ出る扉が開いていて、列車の走りに合わせて強く冷たい夜風が吹き込んでいる。

「まさか、外へ出たのか！」

護衛兵が扉から暗い外へ顔を出す。アンジェリカは車両側面のステップを伝い、窓枠をつかんで、車両の反対側の扉へと飛び移っていた。

走る列車でのあまりの軽業、護衛兵らはぼう然となる。

「なにをしている。姫がいるなら皇子も近くにいるぞ！」

グリゴリは護衛兵を促し、三人は車両を走る。

だが七号車の扉を引き開けたとたん、そこにいたアンジェリカが跳躍するように蹴りを放って、先頭の護衛兵のあごを足裏で蹴り飛ばす。

護衛兵は背後に大きくのけぞり、後続の護衛兵やグリゴリたちにぶつかった。四人の歩みが一瞬止まる。すかさずアンジェリカが短銃をかまえて撃った。

先頭のひとりが膝と足の甲を撃たれて床にくずおれる。しかし次のひとりは外した。床に開く銃痕を踏みつけてグリゴリが前に出る。アンジェリカは即座に身をひるがえし、残った護衛兵ひとりとりも怒りに目を燃やしてあとを追った。

ふいに個室の扉が開き、エイベルが飛び出す。

横合いから体当たりで護衛兵を突き飛ばす。壁に激しくぶつかって膝をつく護衛兵に、エイベルは短銃を向ける。

「いたか、皇子！」

グリゴリが振り返って足を踏み出すと、エイベルは氷の瞳を向ける。

「動くな。動けば仲間の頭を撃ち抜く」

「かまうな、グリゴリ！　おれの命などどうでもいい！」

護衛兵の叫びにグリゴリは暗い目を上げ、かまわず突き進もうとした。

「やめろ、皇子には手を出すな！」

アンジェリカの声が響いた。車両の後方で、彼女は短銃を構えている。

「わかってるはずだ、グリゴリ伍長。この状況であなたに勝ち目はない！」

「わかっていないのはそちらです」

グリゴリは短銃を取り出し、護衛兵に銃口を向けるエイベルへ突き付ける。

アンジェリカもエイベルも、はっと目をみはった。

「俺は軍で短銃の訓練も受けています。貴女が撃つより早い」

「一度、皇子宮でわたしに倒されたのに？」

アンジェリカはわざと揶揄する口調でいった。

「ふいをつかれただけです。まさか姫がそこまで腕が立つとは知らなかった」

「グリゴリ。わたしにも自分にも言い訳はしなくていい」

静かなアンジェリカの声が、車両の天井に跳ね返って響く。

「前にもいったけど、皇子を殺してもあなたの家族が無事でいる保証はないよ。大事なひとを人質に取るような手合いだぞ」

「だが命令を果たさねば、なおのこと命はない！」

憤りの声がグリゴリの唇からほとばしる。

「上に立つ者はいつだって身勝手だ。命令、命令、そして命令。俺たちが身をすり減らして尽くすのを当然だと受け止める。慈悲に見せかけた絵空事をちらつかせて期待させて、結局は言葉だけで忘れる。……貴女は」

アンジェリカをにらみつけ、グリゴリは吐き捨てる。

「俺の妻を助けるといった。だが、いまだ妻は捕らわれたままだ」

強い憎しみに当てられて、アンジェリカは絶句する。

「いいや、グリゴリ。君の抗議は間違いだ」

冷ややかなエイベルの声がグリゴリの後頭部に投げられる。なんだと、とグリゴリが激高の表情で振り返った。

「真に怒りをぶつけるべきはだれだ。捕らわれた君を解放し、妻を助けると誠意を尽くして申し出て、裏切られると予想しても自由にさせた彼女なのか。違う、君の弱みを握っていうなりにさせる卑劣な奴らのはずだ」

容赦ないエイベルの言葉に、グリゴリは奥歯を噛みしめる。床にうずくまる護衛兵も、恥じるように顔をそむけた。

しかし、グリゴリはすぐに強い口調で言葉を吐いた。

「……正しさなんぞ、俺の妻の命の前にはなんの役にも立たない」

「殿下の言葉が正しいってわかってるじゃないの、グリゴリ伍長！」

「そうです。皇子が正しい。俺が間違ってます。でも止めるわけにはいかない」

アンジェリカの声に、グリゴリはまっすぐにエイベルに銃口を向ける。

「命乞いをしますか、姫。してもいいですよ。武器を捨てて、大事な皇子の命を助けてくれと膝をついて願ってください。俺が……あいつらの前でそうしたように」

アンジェリカの唇が震える。短銃を握る手もまた震え、かまえた銃口がブレる。追い打ちをかけるようにグリゴリが怒鳴った。

「空約束でも俺に哀れみをかけられるのは、たとえスラム出でも貴女が王族だからだ。俺とおなじ立場まで降りてみたらどうです！」

アンジェリカの迷いが照準をいっそうブレさせる。

〝……ジェリとおれらは違う〟

脳裏に、助けられなかったスラムの仲間の声がよぎる。差し出したなけなしの厚意をひったくって逃げて、そして二度と戻らなかった仲間を想う。

自分が武器を捨てて膝をつけば、彼はエイベルの命を奪うのをあきらめてくれるのか。だったら、そんなこと……とてもたやすい。

アンジェリカは構えていた短銃を下ろそうとした。

「やめろ！」

エイベルの打つような強い声が響き渡った。

「冗談でもそんなことをするな。誇り高さと引き換えに恥辱を受け入れるな」

「馬鹿な、貴方の命に代えられる誇りこそない！」

「誇りを捨てた君こそ君ではない」

車両の両端で、ふたりは一瞬目と目を見交わす。

「挙式はまだでも美しい夫婦愛だな。だが、そこまでだ」

グリゴリが憤りのにじむ声でエイベルに銃口を突き付ける。

エイベルは嘆息し、片手に持った短銃を開いた車両のドアから投げ捨てる。暗闇に吸い込まれる銃に目もくれず、彼は両手を挙げた。

自分で銃を突き付けておきながら、グリゴリは驚く顔になる。エイベルは後方のアンジェリカにちらと目をくれると、すぐに目の前のグリゴリに視線を戻した。

「僕を殺す前に、聞いてほしい話がある」

両手を挙げたまま、エイベルはグリゴリに語りかける。

「僕らがノルグレンについて無事に外交訪問を成功させれば、君らを送り込んだ豪族たちの目論見は阻止できる。……ああ、いいたいことは理解する」

エイベルは目を伏せ、掲げた片手をひらりと振った。

「僕を仕留め損なえば、たとえ目論見を阻止できようと君の妻の命は奪われるといいたいんだろう。では、どこで僕を殺したと報告する？　補給駅で降りて、そこから連絡ができる場所へ移動するつもりだったのか？」

だが、と皇子は冷徹に告げる。

「補給駅はとっくに過ぎた。乗務員に扮した皇国側の刺客に機関士が脅されて、速度をかなり出したからな」

「なんだと⁉　うそだ、到着までまだ時間はあったはず」

グリゴリは車両の開いたドアを見やるがそこは風が吹き込む暗闇しかない。

「本当だ、グリゴリ。こちらを見ろ！」

殴りつけるような強い声に、グリゴリがエイベルへ視線を戻した瞬間だった。

いきなり車両の開いた扉からアンジェリカが飛び込んできた。

グリゴリは体当たりされ、個室のドアに激しく背中をぶつけて床に崩れ落ちる。その拍子に短銃の引き金が引かれ、ぱっと宙に血が飛び散った。

「アンジェリカ！」

エイベルが叫び、グリゴリが床に尻をついたまま驚愕の顔で凍り付く。

アンジェリカが着る護衛兵の白シャツの肩口を、見る見るうちに赤黒い血が染めていく。足元がふらつき、いまにも倒れそうになる。

だが彼女は歯を食いしばり、果敢にグリゴリの手を蹴り上げた。

短銃が吹き飛び、廊下を勢いよく滑っていく。床に倒れていた護衛兵が起き上がり、それを追いかけようとした。

しかし、車両の向こう側まで滑った短銃が蹴り飛ばされた。はっと護衛兵が顔を上げると、鞘ごと抜いた剣で殴りつけられて床にくずおれる。

「間に合いましたか、殿下！」

護衛騎士のティモシーが、剣を握ってまばゆい笑顔で走ってくる。

「身動きの取れない敵の数を数えてやってきたので時間がかかりましたけど、少しくらい、おれも活躍したくて……って、姫君⁉」

血に汚れた肩口を押さえて壁にもたれるアンジェリカに、騎士は駆け寄る。

「わたしはいい、彼を抑えて」

アンジェリカにいわれ、ティモシーはあわててグリゴリに剣を突き付ける。そのあいだ、エイベルは蒼白の顔でアンジェリカの前に立ち尽くしていた。

「心配しないで、かすり傷だ。牙猪にやられたのとおなじくらいだから」

苦しげに顔をしかめつつも、アンジェリカはエイベルに笑いかける。しかし答えはなく、彼の顔からは一切の血の気が消えていた。

「殿下？　あの、大丈夫？」

戸惑い気味にアンジェリカが問いかけるが、皇子は指先まで白くして凍り付いている。ティモシーが「殿下⁉」と主を呼んでもやはりぼう然としたままだ。

アンジェリカは身を起こし、エイベルの肩をつかんで揺さぶる。

「殿下、殿下！　どうしたの、しっかり！」

「……ああ、すまない」

途方に暮れたようなエイベルの声が、振動に揺れる車両の床に落ちる。

「無茶をするなと頼んだのは僕なのに。すまない、僕の……僕の、せいだ」

エイベルは片手で顔を覆う。その仕草に、今度はアンジェリカが凍り付く。

「え……で、でで、でんっ、殿下っ⁉」

怪我の痛みも忘れてアンジェリカは叫ぶ。

その場にいたティモシーも、グリゴリでさえ驚きに声もない。

冷静で、冷徹で、常に冷ややかなまなざしをして、いつも容赦のない事実を迷いも遠慮もなく突きつけて、皮肉と揶揄ばかり口にする彼が――。

「死なないでくれ、アンジェリカ」

顔を覆うエイベルの片手の端から、涙のしずくがあふれる。抑えても抑えきれないように、震える声が流れる涙とともに次々と床へ落ちていく。

「死なないでくれ、頼む。誇り高い君を失いたくない。ただ生きていてくれるだけでいい。愚かな僕の命などより、君の命のほうがはるかに大事だ……！」

「あ、あのっ、あの、で、殿下……エイベル！」

アンジェリカは敬称も忘れ、顔を伏せて泣く皇子に必死に呼びかける。

「かすり傷だよ。ほんと、ほんとだって！　あの、あああ、もう！」

たまらずアンジェリカはエイベルの肩を抱き寄せた。

「大丈夫、これくらいの傷なんてスラムではしょっちゅうでございましたわ」

アンジェリカはほほ笑んで彼の背を撫でさすった。まるで子ども相手だ。エイベルはぐっと言葉を呑んだかと思うと、ややあってくぐもる声でいった。

「……本当に野生動物並みだな、君は」

「あら、そんな可愛くない皮肉を口にする理性はあるようでございますわね」

ぽんぽん、とアンジェリカはエイベルの背中をあやすように片手で叩く。エイベルは耳まで真っ赤にして、やっとうつむきながらも顔を上げる。

「情けない、取り乱した。すぐに君の手当てを」

「いいましたでしょ、かすり傷ですって。手当てをするなら、わたくしが銃で撃ってしまいました方を先になさってくださいますかしら」

は、とエイベルは小さく笑う。

「本当に君は……自尊心のためにも、少しは自分を顧みてくれ」

ほんのわずか、エイベルはアンジェリカの肩をぐっと抱きしめてから身を離した。

それから目元をぬぐうと、みなに背を向ける。

「グリゴリ。ノルグレンに現状の報告が届くまで数日の猶予がある」

うなだれるグリゴリへ、背中越しにエイベルは語り掛ける。

「君は補給駅で降り、虚偽の報告を送ればいい。皇国が送り込んだ別勢力と同乗するはめになって戦闘になったが、なんとか退けて皇子暗殺にも成功したと。そのあいだに僕らは変装し、別便に乗り換えて秘密裏にノルグレンへ向かう」

エイベルの声の温度が、ひやりと冷たくなる。

「豪族らは、組んだはずの皇国貴族に裏切られて混乱に陥るはずだからな」

「……もし、嘘がバレたらどうするんだ」

「どのみち虚偽を報告する以外に道はない。二度もの失態を見逃すほど、君の妻を人質に取る輩は心が広いのか」

残酷な事実にグリゴリは肩を落とす。それへとエイベルはいった。

「取引をしよう。君たちと、君たちの大切な人たちの命を助ける代わりに、僕らの企みを手助けしてくれ。信じられないなら君も僕らと同行して見届ければいい」

けげんそうに頭を上げるグリゴリに、エイベルは力強く告げた。

「今度は、決して絵空事ではないことを、証明する」

◆

マグナフォート皇国より、ダニール王子立太子の式に出席予定であったエイベル第一皇子・アンジェリカ姫が急遽欠席――との電文書による一報が入ったのは、ふたりが王都に到着する予定日の二日前のこと。

理由は体調不良だが、どのような状況なのかくわしくは不明。皇国は代わりに、大使を派遣すると通告してきた。

立太子の式の主役であるダニールは、母であるオリガ女王の腹違いの妹の、叔母に当たるアンジェリカを姉とも慕ってきたために、欠席の報にはひどく落胆していたが、厳格なオリガ女王に叱咤され、気を新たに式に臨むと臣下に告げたようだ。

そんな悲嘆もなかったように、立太子の式の日は訪れる。

各国の列席者は正装し、ノルグレンの王城に集う。堅牢なばかりで城というより砦としか見えない王城も、このときばかりは花々に飾られたようだった。

「──共和国大使、ご到着」「──大公領第一公子、ご到着……」

玉座のある大広間に、列席者の到着を告げる家令長の声が響き渡る。続々と大広間に各国の重鎮が現れ、従僕に導かれて席につく。

家令の呼び出しは次々につづく。

「そして、マグナフォート皇国……」

ひときわ高く、家令の声が響いた。国外の列席者たちはすでに皇子夫妻の欠席を知らされており、特に注意を払わずに聞き流す。ノルグレンの豪族たちは、安堵と余裕をまとい、ゆったりと座っている。

式の主役であるダニール王子は、一段高い王族の座る席で痛ましげに目を伏せて、唇を引き結んでいた。

だが、次に響いた名前は──。

「エイベル第一皇子殿下、アンジェリカ妃殿下、ご到着にございます」

動揺のざわめきが上がった。

まさか、という驚愕が大波のように豪族たちの上に広がっていく。主役であるダニール王子までもが大きく目をみはり、広間の入口を注視する。

ふたりが現れたとたん、場の空気が変わった。

華やかというよりも、強烈な意志による光にも似たまぶしさが満ちたのだ。

アンジェリカは、裾に真紅の薔薇を大きく一輪、刺繍で描いた優美なドレス。エイベルは皇国伝統のローブ風の正装で、シックな黒と銀の刺繍。

彼らは、夫が妻に腕を貸して歩むよくあるスタイルではなく、対等であると示すように、ただ並んでやってくる。

ふたりが席に腰を下ろすとざわめきは収まったが、豪族たちは落ち着かなげに目を泳がせたり、怒りに顔を赤くしたり、動揺に噴き出る汗を拭いたりしていた。

「盤石たる王国の導き手、オリガ女王陛下のご入場にございます」

家令の呼び声に、豪族たちは身をこわばらせて王族の席を振り仰ぐ。

女王は、大柄な体をどっしりとした重厚なドレスでさらにふくらませ、巌のような面持ちで上手より現れると、玉座に腰を下ろした。

驚いたことに、同時に多くの兵が入ってきた。兵たちは大広間の出入り口をふさぐように壁際に並び、列席者たちを囲む。

「式を始める前に、この国の憂いを断っておく」

家令の合図もなにも待たず、オリガは口を開く。

「列席者の方々にお見苦しいものを見せるがご容赦を。……捕らえよ」

　オリガの命令に兵たちは足早に豪族たちの席へと向かうと、彼らが逃げる間もなく取り囲み、腕をつかんで拘束した。

「な……っ、どういうつもりだ」「晴れの席ですぞ、女王陛下！」

　無理やりに引き立てていかれる豪族たちが抵抗する。しかしオリガ女王は、まさに巌のごとき揺るぎなさで宣告した。

「そなたらがもっともよく理由を知っていよう。連れていけ」

　暴れるのを抱えるように連れていかれる者と、残って青ざめる者と、豪族の席はふたつに分かれた。オリガはアンジェリカに目を向ける。

「内紛の目を摘んでくれて礼をいう。そなたをマグナフォートへ輿入れさせたのは、ノルグレンにとって僥倖(ぎょうこう)であった」

　アンジェリカはなにもいわず、腰を上げてドレスの裾を持って会釈したのみ。だがその伏せた紅い瞳は、内心を見せるようにちかりと鋭く光った。

「では、これより立太子の式を始めよう」

　ざわめく人々の頭上に女王の重々しい声が響く。巨礫(きょれき)を落としたかごとく、場は一気に静まり返った。

「これは余の息子ダニールを、余の唯一無二の後継とここに定める儀である」

◆

王城内を、ひとりアンジェリカは歩いていた。

固く冷たい石造りの堅牢さは、まさに砦。見慣れた光景だが、懐かしいとはこれっぽっちも思わない。かつて過ごした牢獄のような自室にも、立ち寄りたいとは思わなかった。自由に出歩くこともままならなかった日々など、忘れてしまいたい。

それでも、アンジェリカはまっすぐにひとつの部屋を目指す。簡素な城内のなかで、その部屋の扉だけは王国の火竜の紋章で飾られていた。

ノックをすると小さな声が答えた。アンジェリカはためらわずに開ける。

「……どうぞ」

部屋では、疲れた様子で少年王子が大きな椅子に沈み込んでいた。アンジェリカが入室し、歩み寄るのも気付かぬ様子でうなだれている。

華奢な体にかけた毛皮のマントはいかにも重そうで、まるで少年がこれから背負う王国という重責のように見えた。

そして、いまにも消えそうな彼の隣に立つのは――。

「我らふたりに内密の話とは、何用だ」

　オリガ女王が、厳ついあごを固く引き締めて尋ねてきた。

　立太子の式から着替えているが、いまも豪奢で重たげなドレスをまとっている。そこにいるだけで巌のごとき存在感だ。

「ダニール、ずいぶんと消沈してるね。無事に立太子の式が終わったのに」

　わざとオリガを無視してアンジェリカは呼びかける。だがダニールは頭を振って無言だ。アンジェリカは小さく吐息すると、口を開く。

「あなたに訊きたいことがあったの。なぜ……」

　息を詰め、アンジェリカは刺すように問う。

「なぜ、豪族と手を結んで、エイベル皇子を殺そうとしたのか」

　ダニールは鋭く息を吸った。オリガも驚愕をあらわに目を見開く。

「馬鹿な……。卑しい庶子ふぜいが、なにをくだらぬ妄想を」

「事実です。あなたは認めたくないかもだけど」

「我が息子を妬んでの世迷言か。功績を認めてやった恩を忘れるとは」

（あなたに認めてもらう必要なんて、これっぽっちもない）

　そんな言葉をアンジェリカはかろうじて呑み込む。

「……おやめください、母上」

ダニールは力なく制止すると、アンジェリカに訊き返す。

「どうして、わかったのですか」

「なにをいうか、ダニール！　こんな卑しい庶子の言葉に耳など」

「あなたが命じた刺客から、聞き出したの」

オリガの声をさえぎり、アンジェリカは答える。少年王子は深々と息を吐いた。


グリゴリとの決着のあと、間もなく列車は補給駅に到着した。

エイベルがグリゴリに告げた「補給駅は過ぎた」との言葉は、アンジェリカの動きから目をそらすためのはったり。

一行は補給駅で降り、駅に備え付けの電文送信器を使用して皇都のミルドレッドに連絡。彼女を通じて皇后に事態を報告した。

皇后の命令で近くの駐屯地の軍に連絡し、護衛兵と乗務員に扮した刺客たちを拘束。ただし、エイベルの判断でグリゴリは逃がす。虚偽の報告をさせるためだ。そののち、アンジェリカとエイベルは変装してノルグレンに向かった。

そのあいだに皇后と女王は、おそらく無数の電文を飛び交わせたはず。

アンジェリカとエイベルから聞き取った情報と、エイベルが立てた計画――式までふたりは身を隠す。欠席の理由は公にせず、皇子暗殺による混乱のためだと思わせる――を伝え合うために。

そうしてそれぞれ、国内の敵対勢力を抑える準備を進めた。

式まで間もなくだったのも功を奏したのだろう。油断もあったにせよ、豪族たちには、グリゴリの虚偽の報告の裏付けを取り、事態を把握するための時間はなかった。

のちにオリガの家令から伝えられたが、女王は兵を隠密(おんみつ)させ、エイベル暗殺を企てた豪族たちの屋敷を包囲、無事に人質を解放したという。

アンジェリカの手短な説明が終わると、ダニールはいっそう力なく椅子に沈み込む。

本当にそのまま、椅子に吸われてしまいそうに。

「……満足ですか、アンジェリカ姉さま」

ダニールの言葉にアンジェリカは口をつぐむ。

満足のはずがなかった。胸は冷えていた。弟とも思っていた少年に陥れられた失望、裏切りへの哀しみ、その一方で打ちのめされた彼の姿への罪悪感に。

オリガは怒りのために顔は赤黒く、引き結んだ唇も震えていた。

「さような世迷言、信じられぬ」

憤りを押し殺した重い声で、オリガ女王は糾弾する。

「しかも証拠は、犯罪人の下賤な男の言葉のみ。耳を貸すだけ無駄であった」

「……輿入れから逃亡する計画を打ち明けたのは、侍女のメルと彼だけ」

アンジェリカは女王の憤りを淡々と受け流す。

「だからメルが、貴女に逃亡計画を報告したのかと思った。でも逃亡を阻止した護衛隊長が皇子宮で皇子を狙った。それってておかしい話よね。豪族と対立していて、輿入れを是が非でも成功させたい貴女が、皇子を殺そうとするはずがないのに」

ダニールは目を伏せて無言だった。アンジェリカは話をつづける。

「わたしが輿入れから逃げるといったとき、彼は喜んでくれた。この王城で虜囚にも等しかったわたしに優しくしてくれた。だから……疑いたくなかった」

「止めよ。おまえの言葉など訊く価値もない。下がれ」

「せめて、強くて優しい姉さまがノルグレンにいてくれたらと思ったんだ！」

今度はダニールが、女王の言葉を激しくさえぎった。

「母上はいつもそうだ。息子のぼくの言葉も聞いてくれない。いつもいつも抑えつけ、いうなりにさせる。たとえ王になっても母上が生きているかぎり、ぼくは」

ダニールは頭を抱え、深くうなだれた。

「……ぼくは、母上の奴隷だ。亡くなった父上とおなじに」

「弱いおまえのためを思ってこそ、母は強くあるのだぞ！」

「なにがぼくのためです！」

オリガの言葉に、ダニールは頭を跳ね上げて叫んだ。

「母上にとって自分以外はぜんぶいうなりになる手駒でしかない。無理やり王城へ連れてきて勝手に嫁がせたアンジェリカ姉さまのように。亡き父上はことあるごとに、母上の冷たさを哀しんでいた。この王城で捨てられたも同然だって！」

オリガは絶句する。いつも大人しく、気弱で、口答えなど一度たりともしたことのなかった息子が、まさかこんな反抗を、しかも母を陥れ、王権を揺るがせかねない真似をするとは、思いもよらなかったに違いない。

目論見が破れ、少年は自暴自棄のようだった。

（逃亡したあと、わたしがここに戻ると思ったの、ダニール）

胸のうちでそう思うが、アンジェリカはこれ以上、追い打ちをかける気になれなかった。裏切りは事実でも、彼の失敗を嘲るなど品のないやり口だ。

「……身勝手なぼくを、さぞ恨んでるよね、姉さまは」

「わたしは恨まない。……でも、大切なひとの命を盾に意に添わない命令に従わされ、手を汚す羽目になった者は、忘れないはず」

アンジェリカは身を乗り出し、必死の想いで少年に告げる。

「あなたの代わりに手を血に汚し、罪に問われる者たちがいる。彼らの刑罰を軽くするよう、嘆願して。女王を嫌うなら反対に、権力で無理やりにだれかを従わせるのでなく、民のためにより良い国にしようと考えて。お願い、ダニール！」

グリゴリと、彼とともにエイベル暗殺計画に加わった者たち。

人質となった家族は無事に救い出されたが、虚偽の報告をさせるためにいったんは解放したグリゴリも、皇国からノルグレンに引き渡されたグリゴリの仲間たちも、その罪から逃れられはしないだろう。

同盟国の皇国との体面がある。おそらく彼らは厳しく処罰されるはずだ。

首謀者は、ダニール王子だというのに。

「……いやだ」

だが、ダニールは憤りに瞳を光らせて強く吐き捨てる。

「そいつらが上手くやり遂げたなら、それで済んだんだ！」

あまりの言葉にアンジェリカは絶句する。その耳に女王の固い声が届いた。

「愚かな息子だが、上に立つ者らしい言だな。しかし」

尊大に上から見下ろす目線で、オリガは少年に告げる。

「裏切りものであるおまえに、私と反対のことなどさせるものか。公に罪は問わぬ。だが、私の許しがあるまで北の塔に幽閉させる」

そんな、とダニールは腰を浮かせる。北の塔は代々高貴な罪人の牢獄だからだ。しかしオリガにじろりとにらまれ、絶望の顔で椅子に崩れ落ちる。その様を憤りに紅く縁どられたまなざしでにらみつけると、女王はアンジェリカへ向き直った。

「おまえには使い道がある。不遜なものいいも今回の功績でゆるそう。だが次はない。もしも今後、私に逆らうなら」

腹違いの妹を女王の紅い瞳がにらみ据える。どこまでも正反対の、年の離れた姉妹は、その瞳だけが唯一血縁の証だった。

「同盟を破棄し、マグナフォート皇国を戦火に落としてくれる」

「どこまでも私情で国を動かすなんて、呆れ果てるほどに最悪な為政者ね」

火を噴くまなざしでアンジェリカはいい返す。

「本当に氷だったのは、身内にすら裏切られる貴女だわ。ゆるしなんか要らない、どうぞ心の底から憎んで。わたしも、あなたを――一生ゆるさない」

アンジェリカは石の床を蹴りつけて身をひるがえし、扉を叩きつけて閉めて廊下に出ると、戦車のような勢いで薄暗い石畳の廊下を歩き出す。

重苦しさと哀しみ、自分の力不足の悔しさにのどが詰まる。

ダニールと豪族らの目論見を阻止し、人質を救い出せた。巌のようなオリガにも衝撃を与えてやった。私欲に走る皇国の貴族らもこれで息をひそめるはずだ。

なのに、どうしてこんな息苦しい気持ちがするのだろう。

——それは、救われるべきひとたちが置き去りにされているからだ。

スラムの仲間たち、皇国の下町で盗みを働いて逃げていった子ども、妻のために罪を犯したグリゴリたち、なすすべなく王城に連れてこられた自分……。

くだらない権力闘争の陰で、弱いものたちは見捨てられていく。

奥歯を嚙み、唇を引き結んで、アンジェリカは廊下を脇目もふらずに歩く。宿泊用に宛がわれた客室の扉を勢いよく開け、飛び込むように入る。

「どうした、そんな顔をして」

エイベルの声に、はっとアンジェリカは我に返る。

ゆったりとして体に沿った黒のローブに身を包み、優雅にソファで本を広げる皇子は、今日も冴え冴えとした美しさだ。

彼はアンジェリカを見て、広げていた本をぱたりと閉じた。

「そんな……顔って、どんな顔でございますですかしら」

エイベルは答えず、ソファから立ち上がって歩み寄る。アンジェリカはふと息を詰めて見上げた。いつになく優しいまなざしがこちらを見下ろしている。

「君は僕が涙を流しても、責めたり、嘲笑ったりはしなかった。だから、指摘して君の誇りを傷つける気はない」

「まあ……わたくしが泣きそうな顔をしてるとおっしゃりたいんでございますのね。よろしくてよ、わたくしだって、たいがい泣き虫でございますですもの」

アンジェリカはほほ笑む。エイベルの顔を見て、ほっと安堵に体がゆるんだ。そのとたん、激しい感情が突き上げる。

「やっぱり、権力者は嫌い。いえ、自分の権力と地位が当然だと思ってる王族や貴族たちが、わたしは……大嫌いだ！」

涙にも似た激情を懸命にこらえながら、アンジェリカはいまし方の出来事を話す。

エイベルは黙って耳を傾けていたが、聞き終わって静かに口を開いた。

「君は以前、いまの皇室のやり方に不満があるなら、民衆を扇動するのも手だと話してくれたな」

「なっ……待って、まさか⁉」

「覆したいものがあるなら、従来の、当たり前のやり口では駄目だ」

きっぱりとした態度でエイベルは告げる。その冷静な瞳を見つめると、アンジェリカは目を伏せた。ややあって、ゆっくりと口を開く。

「わたしは……失うものはないの。姫でなくても元のスラムの、祖父がいる家に戻るか、いっそ外国に移り住めばいい。でも、貴方は生まれながらの皇族なのに」

「そうだ。僕は皇族以外の立場も身分も知らない。だが、その身分のせいで僕は……母を失った。つまらぬ権力闘争のために命も狙われている」

エイベルは自分の内を見つめるように目を落とす。それから、思い切ったように顔を上げる。その青い瞳には、どこか痛ましいまでの決意の色が見えた。

「話を進める前に、こんな場だが、君に……告白したいことがある」

なにを、とアンジェリカが眉をひそめると、エイベルは鋭くひとつ息を吸い込み、そして、口を開いた。

「――僕は、真実、母を殺した」

「……ッ！」

アンジェリカが絶句すると、エイベルはこぶしを握り締める。

「母は病弱で、領地で僕とともに静養していた。そこへ押し入ってきた賊が母を害し……死にきれずに苦しむ彼女の胸にナイフを突き立てたのは、僕だ」

アンジェリカは胸を押さえる。その耳を、静かだが重い声が打ち叩く。

「母を傷つけた相手はだれかわからない。だが僕は皇帝へ、自分が母にとどめを刺したと打ち明けて、犯人をこの手で処罰したい、ゆえに成長し、その犯人を突き止めるまで僕を〝母殺し〟として扱ってほしいと願い出た」

かすかに、エイベルの唇が震える。

「母を寵愛（ちょうあい）していた皇帝も病がちで、権力を握ろうとする皇后や皇族たち、貴族派に手を焼きつつもなにもできない状態だった。それでも、僕が〝母殺し〟の真相を知っていて、同時に亡き祖父から受け継いだマグナイト鉱山の相続先を、遺言状で貴族のだれかに指名したといううわさは流してくれた。そうして」

青い瞳に、冷たく鋭い光が宿る。

「貴族や皇族たちにけん制させ合い、僕は生き延びてきた」

……エイベルは小さく息をつき、目を伏せる。

自分が語るあいだ、アンジェリカは微動だにせず、目を見開いたままだった。

彼女は過酷な生まれ育ちだ。ただ王族の血を引くというだけで、無理やりに不本意な場に連れてこられ、望んでもいない縁組をさせられた。

けれど、彼女のなかにはまっすぐな正義感があり、まばゆい善性があり、ほとばしるような情熱がある。

皇子宮に閉じ込もり、母を害した犯人が近づいてくるのを待った。だが蟄居の身では限界がある。手掛かりを一向に得られず、つのる焦りにあきらめかけて、憎しみばかり育ててきた。そんな自分に、彼女の存在は目がくらむようだった。

彼女のそばにいると頑(かたく)なな心が溶け、復讐よりも情熱が頭をもたげてくる。ともにいたい。ともに、ひとつの大いなる目的へ向けて歩みたいと。

（……本当にいいのか、エイベル）

胸の内で、エイベルは自分自身に問いかける。

この申し出をすれば、彼女をつなぎとめることになる。熱意にあふれ、知性と情熱にきらめき、善性のために傷つくことも恐れないこの姫を、いっそう危険な場に連れ出すだろう。彼女は、こんな縁組から逃れたかったはずなのに……。

大いなる正義。個人的な願い。そのどちらを尊重すべきか。

エイベルだけならば、アンジェリカの願いを優先したかった。

彼女との出会いを得難いものだと思うからこそ、彼女の自由を尊びたかった。

──わかっている。これは私情混じりの決断だ。

彼女をつなぎとめたい、という私情。だが自分たちは市井の民ではない。個人の幸福を追求するには大きな権力の場に近すぎる。

それにアンジェリカは、たとえエイベルから離れてもその善性ゆえに、また市井の人々が困窮する様を見て傷つくだろう。ならばここで道を示すべきだ。

ひとりの力で助けられるものの数は限られる。しかし、その手に権力があるならば、数えきれない人々を救い上げられるのだと。

エイベルは目を上げ、まっすぐにアンジェリカを見つめる。

「僕は皇国のくだらない権力闘争をつぶし、少しでもまともな国にしたい。君も憤りがあるのなら僕にぶつけるのでなく、故国を解体するつもりで動け」

「……エイベル殿下」

「協力し合おう、アンジェリカ。対等の配偶者として。僕は皇帝を目指す。君も自身の理想のために、故国の王を目指せ」

十九歳の皇子は、強いまなざしで手を差し出す。

「僕らの関係は──これは婚姻ではない。同盟だ」

アンジェリカは息を詰め、エイベルの手を見つめる。

「これは単なる申し出ではないのね。貴方は……わたしに、覚悟を尋ねている」

市井の民なら嘆き、権力者に訴えるだけでもいい。だがアンジェリカは望まずとも王族の血を引き、その立場で恩恵を受けている。ならば果たすべき責任がある。

〝……ジェリと俺らは違う〟

〝俺とおなじ立場まで降りてみたらどうです……！〟

かつてスラムで聞いた少年の声、グリゴリの非難と嘆きの声とを思い返す。

そうだ、自分と彼らはたしかに違う。認めたくなくて目をそむけてきたけれど、この身が置かれた立場を顧みれば、甘い仲間意識など許されない。

アンジェリカは目を閉じ、大きく深呼吸して、そして目を開く。氷に閉ざされた青い湖のごとき美しい瞳を、燃える薔薇にも似た紅い瞳で見返す。

「その同盟、喜んでお受けいたしますですわ！」

エイベルの手を、アンジェリカは握り締める。

冷たく固い石造りの部屋でふたりはお互いを見つめ合い、強い決意のもとに手を結ぶ。徒手空拳にも近い場から、お互いの国の在り方を覆すために。

エピローグ

「祝賀の舞踏会なんて、呆れますですわ！」

大広間の皇族席で、憤懣あらわにアンジェリカが吐き出す。

今日の彼女の装いは真紅ひと色という大胆な色遣いのドレス。髪を飾るのも真紅の薔薇。飾りといえば、首元の美しい〝氷湖の瞳〟のみ。その隣のエイベルは、黒の生地に光沢ある銀糸刺繍の衣装姿だ。

「君の心情は理解している。だが」

エイベルは落ち着いた声でいった。

「これは外交訪問の成功をねぎらう祝賀会だ。主役として毅然と振る舞え」

「見世物にしかされていない心地でございますわよ」

「僕の皮肉癖が移ったようだな」

むむ、とアンジェリカが唇を引き結ぶと、エイベルがおかしそうにいった。

「どうせ物珍しいだけだ。この祝賀会が終わったら、しばらく蟄居するか」

「まあ、そんなことがゆるされるとお思いでございますの」

今回の外交訪問により、国内外に美しき皇子と庶子姫の存在は知れ渡った。

皇子宮の予算は倍増どころか三倍になった。いまだ皇帝は病の床で、敵対する貴族や皇族たちの力を削いだ皇后が引きつづき政務を担っており、今後もふたりには外交の役目を任せようという運びになっている。

皇后の粛清を免れた貴族や皇族たちが、これまでの冷ややかな態度を忘れたように贈り物を寄越し、茶会や晩餐会へと競って招いてくる。

むろん、その先頭はミルドレッド皇女。

彼女は前よりもいっそう贈り物を寄越し、公の場へ招き、ふたりを社交界や経済界の重鎮たちに引き合わせていた。いま注目の皇子と姫に集まる人々をミルドレッドがさばき、彼女自身もさらに人脈を広げている。

皇女の叔父のローガン大公爵は、失脚とまではならなくとも、皇后に敵対したために政界での影響力を大きく失った。しかも軍務大臣の侯爵と謀ってエイベル暗殺を企んだのに、その侯爵が秘密裏にノルグレンと手を組んで、護衛兵に扮した刺客を送り込んでいたことが発覚して決裂。

貴族たちは大公爵派と侯爵派、皇后にすり寄るものと、大きく分裂している。

アンジェリカの記事を載せた日刊マグナフォートは飛ぶように売れ、購読の申し出が相次いでいるらしい。一介のゴシップ紙だった本紙は影響力を拡大中、低俗なゴシップのなかに巧みに混ぜる時事問題の記事にも、国内外が注目するようになった。生活を取り巻く政治情勢に、人々はいままでにない疑問をも抱き始めている。

ただし——その時事問題記事を書いているのがアンジェリカ本人だというのは、編集長のトーバイアスと、エイベル皇子のみが知る秘密。

ミルドレッドの伝手で皇后に働きかけ、洪水の被災民の救援と、流行り病のために診療所と医師を増やす活動で、国民にもすっかり顔と名前が知られた。

ふたりはいまや、上流階級のみならず、国中の注目の的である。

とても以前のような生活に戻れる気はしない。

（……そういえば、お祖父ちゃんから届いた手紙）

祖父はアンジェリカの外交訪問前に、検閲と監視の目から逃れて国外に潜伏中らしい。顔の広い祖父のこと、逃れる伝手はいくらでもあったはず。

皇国へ戻ったタイミングで新聞社に手紙が届けられた。トーバイアスいわく、祖父の偽名のひとつを差出人として。

『御社の記者は、民衆を煽るやり方が巧いようだ。教育者のおかげかな。大牙猪が口に合ってよかった。今後の活躍に期待する』

ひとを食ったような書きぶりに、アンジェリカは笑いが抑えられない。

「祖父も期待していますし、いまさら蟄居なんてごめんでございますわ」

澄まし顔でアンジェリカはいった。

「大事な、新聞社の仕事もございますですもの」

「そういえば、列車内無差別殺人事件の記事は煽情的だが興味深かった。破天荒な姫が犯人一味を追いつめ、負傷しつつも皆殺しにしたとか」

「皆殺しのくだりは、トビーが勝手に付け加えたんでございますの」

憤然と答えつつも、アンジェリカはふときらめく瞳を向ける。

「よろしければ、殿下も書いてごらんあそばせですわ。時事問題に冴えわたる筆を見せていただきたいものでございますわね」

「いいのか、君の書く場所を乗っ取るかもしれないぞ」

「天下を騒がせるような記事を書いていただけるなら、願ったりですわよ」

新聞という媒体の力を、どちらも痛いほどによくわかっていた。

だからこそ、慎重に、そして大いに活用しなければならない。

——ふたりがひそかに結んだ同盟のためにも。

楽団が華やかな前奏を奏でる。一斉に人々の目が向けられる。

エイベルが差し出す手に、アンジェリカは手を置いた。

「それでは、息が合ったところを観客に見せてさしあげますですわ」

「君が何回、僕の足を踏むかどうか、だろう」

「あら、お望みならばいやというほど！」

べ、とアンジェリカがはしたなく舌を出すと、エイベルはふんと鼻で笑う。それからどちらも澄ました顔で手をつなぎ、踊りながら広間の真ん中に進み出る。

目指す場所は遠く、先行きは不透明だ。けれどアンジェリカは、いまつないでいる手の確かさを疑ってはいない。

エイベルの巧みなステップに合わせ、アンジェリカの真紅のドレスがひるがえる。

薔薇の花が咲き広がるように、ふたりは華やかにどこまでも踊りつづけた。

<初出>

本書は書き下ろしです。

⌘メディアワークス文庫

薔薇姫と氷皇子の波乱なる結婚

マサト真希

2023年9月25日　初版発行

発行者　山下直久
発行　株式会社KADOKAWA
〒102－8177　東京都千代田区富士見2－13－3
0570-002-301（ナビダイヤル）
装丁者　渡辺宏一（有限会社ニイナナニイゴオ）
印刷　株式会社暁印刷
製本　株式会社暁印刷

●お問い合わせ
https://www.kadokawa.co.jp/（「お問い合わせ」へお進みください）
※内容によっては、お答えできない場合があります。
※サポートは日本国内のみとさせていただきます。
※Japanese text only

※定価はカバーに表示してあります。

Printed in Japan
ISBN978-4-04-915303-3 C0193

メディアワークス文庫　https://mwbunko.com/

本書に対するご意見、ご感想をお寄せください。

あて先
〒102-8177　東京都千代田区富士見2-13-3
メディアワークス文庫編集部
「マサト真希先生」係